Irene Ferb

Bye, bye, prejuicios

EDICIONES KIWI, 2020
Publicado por Ediciones Kiwi S.L.

BO◁KISS

Primera edición, junio 2020
IMPRESO EN LA UE

ISBN: 978-84-18274-67-1
Depósito Legal: CS 329-2020
Copyright © 2020 Irene Ferb
Copyright © de la cubierta: Borja Puig
Copyright © de la foto de cubierta: shutterstock
Corrección: Irene Muñoz Serrulla

Copyright © 2020 Ediciones Kiwi S.L.
www.edicioneskiwi.com

A todos los que ya no van a poder leer porque no han superado el COVID-19.

A todos los que hemos luchado por esas vidas que pendían de un hilo sin saber cómo ni por qué.

Capítulo 1

El dinero no da la felicidad, pero ayuda. Punto. Iba a estar yo aquí cogiendo un avión si no fuera porque una fila de ceritos —inapelablemente precedida de alguna unidad—, se acumulara en mi cuenta bancaria... ¡Venga hombre!

Detesto volar. Solo con pensarlo me dan escalofríos. ¿Por qué el hombre se empeña en desafiar a la naturaleza? ¿Por qué? Si nacimos sin alas será por algo. Hemos sido creados para pisar tierra, no se nos ha podido dejar más claro. ¡Pues no! El ser humano lo quiere todo... pero yo no. Yo soy fiel a mi especie y cada vez que me salto la norma y floto en el aire mis jugos gástricos manan del compartimento donde esperaban comida y danzan a lo africano.

—El despacho no dispone de muchos recursos, Paula.

Hasta ahí había llegado yo: los asientos de las sillas con marcas glúteas del pleistoceno, los ordenadores con culo y tres piojos trabajando me lo evidenciaban cada mañana.

—No podemos seguir colaborando con tu doctorado.

Quinientos euros. Madrid. Mi vida repleta de lujos; como siempre soñé.

—Vas a tener que trabajar este verano si deseas continuar con tu investigación y además comer.

¡Ahhh! ¡Gracias por la revelación! Lo de cuidar niños, pasear perros, y llevar la compra a los cuartos sin ascensor en mis fines de semana —¡en mis fines de semana!—, puro ocio.

—Te he conseguido un empleo. Muy bien pagado.

Orejas abiertas y felices.

—Necesitan una psicóloga.

¡Y encima de lo mío!

—Pero...

¿Willy Toledo?

—Es en Mallorca.

Ta chun, ta chun, ta chun... los tambores de mis compartimentos digestivos preparando la fiesta de hoy.

—Paula, es un asunto complicado. Debes ayudar a tu cliente sin que él lo sepa.

Complicado no, absurdo. Es una de las primeras cosas que aprendes en Psicología Clínica: *El sujeto debe mostrar una actitud activa ante el tratamiento psicológico. Sin motivación resulta difícil que la terapia sea efectiva.* Si él no lo sabe, difícilmente voy a lograr algo, es que ni el diagnóstico.

—Te cuento. Él necesita un secretario personal que lo ayude con sus gestiones y su agenda.

—Me parece muy bien, hay que fomentar el empleo. Si le urge que lo contrate.

—No me entiendes. Serás tú.

—¿Yooo? ¿Cómo que yo?

—Tú te harás ver como la secretaria personal más eficiente del planeta.

—Con todos mis respetos, Patricia, yo puedo vestirme, peinarme y si me apuras comportarme como una secretaria personal, pero en lo importante, que es el trabajo, ya te digo yo que no. Soy un desastre en matemáticas. Mis cuentas bancarias las gestiona mi padre y me imagino que intuyes que no es que haya muchos movimientos.

—Te echaré una mano.

—Más bien me la echará él en cuanto que vea que si me concentro apenas llego a sumar y que la tabla del siete la llevo cogida con pinzas.

—Paula, escucha. No solo es cuestión de números, es más de organizar el calendario, concertar citas, y a ti eso se te da muy bien. No te preocupes. Tú me enviarás sus cuentas, gestiones o asuntos varios y yo me encargaré de todo eso. Lo que más necesito es que te ganes su confianza e intentes encauzarlo.

—No sé yo... ¿qué le sucede?

—Eso tendrás que averiguarlo tú, Paula. Eres de lo mejor que ha pasado por aquí. No te enviaría si no supiera que puedes lograrlo.

—Gracias, pero si me permites un inciso, yo no tengo apenas práctica. No sé cómo voy a poder...

—Lo averiguarás. Estoy segura. Confío en ti. Sales mañana por la mañana.

Capítulo 2

Entro en casa un poco agotada, es más cansancio mental que físico, pero cualquiera diría que me he pasado el día saltando a la comba. Es que soy bastante *neuras* con esto de montar en avión y he ido a urgencias del centro de salud para ver si me podían recetar algo y me han dicho que fuera a la peluquería, me comprará un cepillo y me peinara. Tal cual. Muy amables y comprensivos.

He optado por ir a la farmacia, exponer mi situación y allí sí que me han hecho caso, pero solo me han podido recetar productos de homeopatía porque para lo demás necesitas receta y al centro de salud no iba a volver ni muerta. Así que tengo un plan: beber valeriana a cascoporro desde ahora mismo hasta mañana.

Mañana me voy a Mallorca... ¡Ufff! Por una parte bien, está genial, pero por otra a mí estos cambios tan intempestivos como que me bloquean, y es posible que mañana cuando llegue allí me eche a llorar del *shock* y pataleé a lo rabieta de niño *youtuber*. También es verdad que a veces estos planes son los que mejor salen porque no están horneados durante semanas y en consecuencia, idealizados, y la más verdad verdadera de todas es que necesito el dinero sí o sí.

Mis padres ya se han esforzado mucho por pagarme la carrera y me ayudan en lo que pueden, pero también está mi hermana pequeña, Susana, que está una tonelada más loca que yo y están haciendo acopios por lo que pueda pasar. Motivos les da.

Yo siempre he sido la responsable, la sensata, la que sacaba buenas notas y siempre volvía a casa a su hora. Y luego nació mi antítesis: irresponsable, desobediente y rata callejera. Para que os hagáis a la idea: compartimos habitación y escritorio, solo poseemos una silla y nunca nos han hecho falta dos, Susana jamás se sentó. Sus codos no son feos y arrugados como los del resto de humanos que han estudiado una miaja, en ellos persiste la sensibilidad; decía que se aprendía más en la calle.

Es buena chica, eso sí, pero cada uno es como es, e hijos de los mismos padres pueden parecer de galaxias opuestas. Pero la quiero, mucho, me saca la chispa que tengo oculta, me hace ser más alocada y cuando quedo con ella siempre nos pasa algo para anotar en nuestro cuaderno de batallitas.

Como no soy de Madrid y me he dedicado a trabajar y a mi tesis en cuerpo y alma, no he hecho muchas amistades; por eso, cuando Susana se vino a vivir a Madrid comencé a amar esta ciudad y tenemos un pequeño grupo de amigos algo variopinto, todo hay que decirlo.

Saco mi *trolley* del maletero. No sé ni que meter… de pensarlo me nace una bola en el estómago que no sé si la valeriana va a poder mitigar.

Se abre la puerta de casa.

—¿Dónde está mi hermanita querida?

—Susana, la casa tiene cincuenta metros, si te quitas las gafas de sol verás que estoy aquí, frente a ti.

Mi hermana me obedece poniendo morritos, se quita las gafas y entonces lo entiendo. ¿Cómo va a ver si trae los ojos inyectados en sangre?

—Pero, pero ¿qué...?

—Pero nada, hermanita, es lo que hay.

—¿Como que es lo que hay? ¿Te has fumado toda la droga de Madrid y lo has dejado sin abastecimiento?

Susana sonríe, bueno con la que lleva más bien le ha quedado como un código ictus por la desviación de comisura.

—Hermanita, no te enfades, es que Fabio se ha sacado el carnet de taxista y lo hemos celebrado.

—¡Ahhh! ¿Y os habéis estrellado con el coche y te has golpeado en los ojos?

—Sabes que Fabio vive a tope. Porrito va, porrito viene... pero para que me perdones, te he traído un poco para que mañana te lo fumes y vayas directita al avión.

—¡Venga ya! Yo no pienso fumar nada, soy una adulta.

—Tienes veinticuatro años, Paula, tampoco te vuelvas loca, un porrito a tu edad es totalmente aconsejable.

—¿Aconsejable? ¿En serio? Si se me ponen los ojos como a ti me para la policía porque se piensan que soy una terrorista a punto de volar el aeropuerto. Mira, mejor, voy a llamar ahora mismo a mi jefa y le voy a decir que no voy porque a ti no se te puede dejar sola.

—¡Ni en broma! Tú te vas a Mallorca. No me pongas como excusa; lo que te pasa es que estás asustada y quieres recular. ¿Sabes lo que he tenido que hacer para conseguirte la droga?

—Pues no lo quiero saber...

—¡Pues lo vas a oír! ¡Me he tenido que acostar con Fabio!

Me llevo la mano a la boca.

—¿En serio?

—Sí. —Gesticula como una niña exagerada.

—Susi, te acuestas con Fabio día sí y día también.

—Ya, pero hoy lo he hecho por ti. —Estalla en una carcajada.

Le tiro una camiseta a la cara.

—Anda, vete a tomar un café que así no me ayudas a preparar la maleta.

No me hace falta que suene el despertador, no he conseguido dormir. Salgo despacio para no despertar a Susana. Dormimos en la misma cama, más que nada porque no hay otra, no cabe, siempre decimos que estamos escabechadas, como los mejillones en lata.

Son las cinco de la mañana. ¿Por qué el organismo será tan injusto? Llevo seis horas intentando dormir y nada, y ahora que me levanto me caigo de sueño. Se me plantea una disyuntiva que con este cuerpo no sé si podré resolver: ¿si me tomo un café se inhibirá el efecto de la valeriana? Me la juego y apuesto por el no y me preparo un café para poder llegar al aeropuerto mientras pido un taxi y rezo para que no sea el de Fabio.

Tengo todo preparado, lo dejé en la puerta para no hacer mucho ruido. Me aseo y me visto con tranquilidad, me guardo un cachito de bizcocho que preparó anoche mi hermana, echo una ojeada a mi piso para despedirme en silencio por unos meses y salgo. Cuando llego a la calle, sin las aceras puestas de lo pronto que es, veo que ya está el taxi esperándome. Bien. Si todo sigue así no voy a ponerme nerviosa. ¡No, qué va!

Me sorprende que al entrar me encuentre con un montón de gente. Son las seis de la mañana. ¿Serán actores? ¿Hologramas? Se me ocurre que igual son contratados para que no te asustes al entrar en un aeropuerto inhóspito y demostrar éxito. Dónde hay gente es que la cosa funciona.

¿Qué pensamiento más rarito? Me da como la sensación de que se me ha ido un poco... ¿Me está dando la risa en la fila del control? ¿Qué me pasa? ¿Será la adrenalina? Serénate Paula.

Logro pasar el control pero casi me caigo al quitarme una zapatilla y la risa tonta que estaba pidiendo la vez desde hace un rato se ha tomado la revancha y me he reído frente a la cara del de seguridad, que era bastante guapo, por cierto.

Recojo mis cosas y mi maleta y voy corriendo al baño. ¡Mi hermana! Mira que he estado lenta, ¡el bizcocho! Estaba anunciado con luces de neón que le había puesto marihuana pero como me puede el sueño, pues le he dado varios mordisquitos. ¿Ahora qué hago? Esto es lo malo de estar sola, de todos es conocido que no se pueden dejar las maletas y no cabe en el cubículo del baño, menos mal que yo he facturado la mía. Pero, espera, ¿si yo he facturado mi maleta qué es lo que estoy arrastrando desde hace un rato? Me doy la vuelta y miro ¡Ahhh! ¿De quién es esta maleta? ¡Joder, joder! Se me quita la risa de golpe y me asola una nausea que aprovecho para empujar la puerta y vomitar en el baño sin ninguna intimidad, a sabiendas de que voy a ser la comidilla de varios pasajeros. ¡Adiós, bizcocho! Me limpio con el papel, tiro de la cadena y me doy la vuelta. Siento varios ojos mirarme con aversión desde el espejo, una mujer mayor se me acerca a preguntarme si estoy bien. Le digo que sí, que es que estoy embarazada de tres meses. Las miradas que antes eran despectivas tornan ahora a comprensivas. Toco mi barriga y voy todo lo digna que puedo a lavarme y enjuagarme la boca.

Cuando salgo, y comienzo a sentirme dueña de mi propio cuerpo, decido afrontar el error y regreso al control para devolver la maleta. Me encuentro un barullo importante y me temo que sé por lo que es. Inhalo, exhalo...

—Perdón, perdón... —Todos me ignoran—. Perdón, perdón —digo más alto. Nada. Varios guardias acompañados de pasajeros están mirando en el video de seguridad y no me oyen.

—¡Perdón! —chillo. Ahora sí que un chico de unos veinticinco años con pinta de escocés se gira y me atiende.

—Me he equivocado y he cogido esta maleta... —le explico. Todos se dan la vuelta, el chaval viene hacia mí y cuando pienso que me va a dar un merecido tortazo, se tira al suelo para abrazarse a la *trolley*.

Un guardia me pregunta, creo que el mismo que me vio reírme al cruzar el control:

—¿Por qué ha cogido una maleta que no es suya?

—Porque he pensado que era la mía.

—¿Ha sustraído algo?

—No, no... Solo he ido al baño, me he dado cuenta y he vuelto. Lo prometo.

Los guardias hacen que el chico pelirrojo abra, delante de todos, la maleta para asegurarse de que está intacta. Mira que no he robado nada pero me entra miedo de que él diga que sí, gente aprovechada hay en todos sitios. Me veo presa en una cárcel en Malasia, con el pelo rapado y más hambre que un vegano en una barbacoa argentina. Sigo teniendo destellitos de la marihuana, está claro…

Cuando la abre, muerta me quedo. Decenas y decenas de funkos de *La guerra de las galaxias* ocupan todo el espacio. El chico explica en inglés que es que ha encontrado una tienda en Madrid que tenía las últimas novedades y ha viajado solo para comprar. Los guardias y yo sonreímos de una manera tan impostada que no nos ganamos ninguno la vida como actores.

El coleccionista de funkos saca los muñequitos cabezones y los coloca en fila para asegurarse de que están todos. Los mira con detalle, uno por uno, llamándolos por su nombre, observando los detalles por si le hubiera dado algún cambiazo. ¿Para qué querré yo un muñeco de esos?, ¿para acumular polvo? Si es que no entran en mi piso, ¡o ellos o mi hermana!

Diez minutos después me llaman a embarcar. Se lo explico a los guardias.

—Ese es mi vuelo. Tengo que irme.

—Espere señorita.

—Le prometo que no he robado nada. Y menos de eso…

—¿Habría robado si fuera otra cosa? —me pregunta con algo de sarcasmo el guardia que todo lo que tiene de guapo lo tiene de estirado.

—No, no, no quiero decir eso… de verdad, que he cogido la maleta sin pensarlo, he ido al baño y al darme cuenta de mi error he regresado. No soy ninguna ladrona y no puedo esperar a que este chico mire todos sus muñecos, ya están embarcando y voy a perder el vuelo.

—Pues va a tener que esperar —me ordena sin un ápice de empatía.

—Pues entonces avise a mi vuelo —le contesto cargada de mala leche.

Cuarenta minutos después entro en el avión. Todos los pasajeros me miran con odio. Llevan quince minutos esperando a que suba. Y todo por unos funkos... el mundo se va al garete.

—Siéntese señorita —me ruega con mal tono un azafato.

—Ya, pero todavía no he llegado a mi asiento.

El auxiliar me empuja a un sitio libre.

—Siéntese aquí, por Dios. Ya la hemos esperado bastante.

—Vale, vale... ¡Vaya modales!

—¿Me habla usted de modales? ¿En serio? Alguien que hace esperar a todo un vuelo...

Me callo. Cierro los ojos. Tengo ganas de llorar. Hoy parece que todo el mundo me odia. Empiezo a notar que el avión se mueve. ¡Madre mía! ¡Vaya mañanita! Espero que cuando llegue a Mallorca (si llego y no me estrello en el Mediterráneo y me convierto en sirenita) el día me sonría, con un poco me conformo, con aterrizar ahora que lo pienso.

—¡Ahhh! —grito desgarrada al sentir que ya no pisamos suelo.

Capítulo 3

Welcome to Mallorca!

He agradecido un poco de entusiasmo, aunque proviniera de un cartel publicitario en el baño, pero tras un retenido vómito que no ha podido esperar a aterrizar y ha salpicado a todos los pasajeros que me rodeaban, he decidido esconderme en el aseo de sus iracundas miradas.

Me recompongo. Atuso mi media melena, *balayage,* recién cortada, me lavo los dientes y recurro a mi crema *No foundation* de Dr. Perricone que me ilumina y que gracias a su ligero toque de color se amolda a mi tono de piel sin parecer que voy maquillada. Un poco de colorete *Miss Liberty* de Nars y perfecta, en la medida de lo posible. Por mucho que confíe en la cosmética, milagritos a Lourdes, seamos realistas.

La que sí que es mi maleta es la única que queda dando vueltas en la cinta transportadora y de reclamaciones. A mi hermana le han perdido el equipaje tantas veces que cada tres meses luce *trolley* nueva. A ella le encanta viajar pese a todo. Susana es tan distinta a mí...

¡Allá voy!

«Probablemente Alejandro pase a buscarte o enviará a alguien».

Pues aquí no queda nadie. Quizá me he excedido en la recomposición (no era para menos) y se ha marchado.

Rebuscaré en los documentos que me ha adjuntado Patricia. Creo recordar que apuntaba el teléfono de mi nuevo jefe. Lo malo es que se hallan dentro de la maleta y me va a tocar abrirla. ¡Qué remedio!

¡Aquí están! Como son *top secret* los enterré tan a conciencia que me ha costado revolver mi ropa.

—¿Paula Jiménez? —Escucho una voz varonil, pero a la vez joven.

—Sí, sí... soy yo. —Levanto mi cabeza y mi mirada con ella.

¿Qué me encuentro?

¿Cómo explicarte?

A un tipo un poco más mayor que yo vestido de aquí te pillo aquí te calzo. Camiseta roída de Los Ramones, pantalón militar con más experiencias que cualquiera de Rambo y zapatillas que juraría, pero no quiero ni mirar, que son las antiguas J hayber. Entiendo que debe de ser el chofer.

Me levanto enérgica y extiendo mi mano para saludarlo protocolariamente sin percatarme de que de tanta energía he arrastrado un tanguita a su mano y ahora pende entre ambos como uno más. Cosas que le pasan a cualquiera. Punto.

—¡Uysss, perdón! —me disculpo.

—Del todo perdonada. —Mordaz e intenso—. Encantado, Paula Jiménez, soy Alejandro Fortuna.

¡Es Alejandro Fortuna! ¡Es él!

—¡Ahhh! —Se me escapa el desconcierto—. Encantada.

Nos miramos. He de reconocer que de cara no está nada mal. Unos inmensos ojos castaños iluminan su rostro. Poseen chispa. Eso se tiene o no se tiene, probablemente sus espesas pestañas ayuden. ¿Qué más? Mandíbula ancha, con carácter propio, cubierta de una barba que ni de tres días, ni hípster. Me gusta. Claro que su boca… bonita boca, sí señor. Labios gruesos y sonrosaditos. Dientes limpios, sanos y blancos. ¿Y el pelo? Pues a lo «no quiero, pero puedo»; es decir, melena con posibilidades, pero le hace falta un buen corte profesional.

—¿Es para mí? —Señala al intrépido tanga.

—Si lo quieres, tuyo es. Siempre y cuando le des uso. —Me ha salido seguidito, sin pensar, en respuesta a su sarcasmo.

Me sonríe. Me mira. Me sonríe.

Le sonrío. Lo miro. Le sonrío.

—Venga, vamos para casa. —Deshace el saludo—. No me siento cómodo en sitios con tanta gente.

—Ah ¿no? —¿Agorafóbico?

—No, soy un poco rarito. Ya me irás conociendo. Vamos, sígueme. Yo llevo tu maleta.

—No, gracias, no hace falta. —Por nada del mundo quiero que se dé cuenta de lo que pesa. Pensará que traigo hasta jamones.

En ese momento escucho una voz ajena dirigirse a mí:

—Bueno, niña, cuídate, y espero que te vaya bien con tu embarazo. —Me doy la vuelta y veo a la anciana que me ayudó en el baño antes de despegar.

—Gracias, señora. —Sonrío más forzada que recién puesto el bótox.

—Muy guapo tu marido —dice alejándose—. Vais a tener un bebé precioso.

Se va. Mis pies se han pegado al suelo. Tierra trágame y escúpeme en mi casita. Siento los pasos de Alejandro situándole a mi lado.

—¿Estás embarazada?

Cómo se lo explico. Mi cara debe de ser tal que se atropella:

—No pasa nada, de verdad, a mí me da igual. Vamos, que puedes trabajar igual, ¿no? Solo era por saber, pero que no me importa, olvida la pregunta.

—No estoy embarazada.

—Vamos, que no pasa nada, que el trabajo sigue en pie. —Me ignora.

—¡Que no estoy embarazada! —grito más alto de lo que deseaba.

Mi nuevo jefe me mira interrogante, yo me muerdo el labio.

—Lo he dicho porque vomité en el baño y esa mujer me vio y luego en el avión… —le aclaro bastante acalorada.

—¿Y seguro que no estás embarazada?

—Cien por cien. ¿Algo más que necesites saber?

—¿Vas siempre mintiendo por ahí? —me pregunta con algo de sorna en la voz.

—Nos acabamos de conocer, eso ya lo descubrirás, además, si en verdad soy una mentirosa no lo voy a admitir.

—En eso te doy la razón. Pero como me queda alguna duda… llevaré tu maleta.

No me voy a esforzar más, le dejo que lo haga y apunto que, ¡ojo al dato!, tira de mi *trolley* sin un mísero mohín. Debe de estar fuerte, ya te digo yo. Mientras le sigo, admirando sus poderosos bíceps, llegamos a un Q5 negro de ensueño para una medio mileurista; creo acertar en varios diagnósticos:

Agorafóbico. Hortera. Desconfiado. Depravado (finalmente se guardó el tanga en el bolsillo).

Capítulo 4

Gracias a un fantástico surtido de música clásica que destensaba el ambiente, el viaje en el coche ha sido entretenido, pero algo tenso por la timidez, por el pequeño espacio que compartíamos (y eso que era un Q5).

Me ha preguntado por mi experiencia y le he mentido tal cual me aleccionó Patricia, y también por mi edad. No, la edad le he dicho la mía, no tengo por qué fingir. Cuantos menos embustes, menos posibles descuidos.

Yo veinticuatro, él veintisiete. Ambos parecemos mayores.

Después, al confesarle que era la primera vez que visitaba Mallorca, se ha convertido en un detallado guía. Me ha ido explicando que pasábamos por Palma y que nos dirigíamos al oeste de la isla, a Calviá, en concreto a un pueblo pequeñito, pero muy tranquilo Capdellá, ubicado en el monte Puig de sa Grua con unas excepcionales vistas al mar y muy cerca de Andratx.

Y poco más. Me he dormido. No es serio, ya, pero que me he dormido. Punto. Entre la música, las explicaciones, el sillón mullidito del Audi y añadiéndole que no había pegado ojo esta noche de puros nervios y lo mal que lo he pasado en el vuelo y en el prevuelo, no debería parecer una idiota, que es justo lo que parezco ahora cuando me he despertado aparcada en la entrada de una casa. ¡Qué vergüenza!

Cuando digo casa es en términos generales. Casa, la de mis padres. Esto podría catalogarlo de mansión. Rodeada de palmeras, verde por doquier (cortadito, con arbustos preciosos). A mi derecha una montaña y caminos privados que conducen a ella y frente a mí, una morada de dos plantas, estilo mediterráneo con varios ventanales y terrazas en la fachada.

¿Cómo llega la gente a acumular tanto dinero? Igual no todo el mundo roba, piratea o tiene cuentas en Suiza, ¿no? Quizá haya gente muy lista.

¿Cómo ha llegado este tipo a ser tan rico si no sabe ni vestirse y es un maleducado que me ha dejado tronchada en su coche sin invitarme a entrar en su hogar?

La puerta se abre y aparece un husky siberiano espectacular. Adoro los animales. Tras él se asoman unas Adidas de última temporada, unos vaqueros claros ajustados a unas piernas fibrosas, una camiseta blanca de cuello pico en un tórax agradecido y todo este conjunto encabezado por un rostro familiar donde se apoya un peinado con sentido.

¿Alejandro? ¿Su hermano?

Quien sea me indica con una mano que no salga del coche. Se acerca. Creo tener la boca exageradamente abierta, al igual que los ojos.

Viene hacia mí y tira de la puerta.

—Mira, Chester, esta es Paula. ¿Bien? —Es él. Creo que me pregunta si me gustan los perros, pero es que estoy tan anonadada por esta transformación que no se me ocurre nada más que una sonrisa (con mucha probabilidad boba).

—Te he traído un zumo de mango… ¿o preferías un café? —Me guiña un ojo con sorna.

Desalojo el Audi y saludo al husky, que es un amor, y después levanto mi cabeza y acepto el zumo.

—Muchas gracias. Perdona que me haya dormido, Alejandro, estaba muy cansada, no he pegado ojo porque me da miedo volar. —Se me atropellan las excusas.

—Todo el mundo me llama Alex —me interrumpe.

—¡Ah, vale! Pues perdona, Alex.

—No hay nada que perdonar. —Sonríe—. En todo caso perdóname tú a mí que te he dejado sola, pero quería ponerme cómodo y estabas tan quietecita…

¿Ponerse cómodo? ¿Me estaré volviendo loca? ¿Lo otro será la moda en Mallorca? ¿Me explica alguien cómo este chico ha pasado de ser un quinqui a un maniquí de Dior? ¿Tendrá un trastorno textil? ¿Eso existe?

—¡Uhmmm, qué rico! —Me refiero al zumo. Le he pegado un trago y el mango más mango de los mangos se ha hecho dueño de mi paladar. Lo único es que no lo ha colado y todas las fibras han ido a parar a los huecos que hay entre mis dientes y tengo más flecos en mi boca que en el armario de un hippie.

—¿Verdad? ¿Te apetece familiarizarte con la casa y luego te muestro dónde vas a dormir o prefieres descansar?

—No, no, perfecto. Enséñame la casa.

—Espero que te guste más que Mallorca —dice con un bufidito gracioso.

—Seguro que Mallorca también me gusta, pero estaba agotada ha sido un poco estresante todo hoy —le digo cubriéndome la boca para que no vea la que se me ha liado con el zumito.

—Pues ahora descansas si quieres, en tu habitación encontrarás cosas, si necesitas algo me lo dices, he dejado toallas y cepillo de dientes.

¿Cepillo de dientes? ¿Ha dicho cepillo de dientes?

¡Vaya comienzo! Le regalo un tanga, me quedo dormida a la que habla y cuando abro la boca parece que tengo colgada la selva entera entre mis dientes. Esto acaba de empezar, Paula... Todavía puedes hacerlo mucho peor.

Capítulo 5

¡Una habitación abuhardillada! ¡Me ha tocado la habitación abuhardillada! ¡Tomaaa, tomaaa!

Mis anhelos han estallado de dicha al verse cumplidos. Siempre lo he soñado, pero como he salido poco pues nunca he experimentado lo que sería compartir morada con un techo inclinado. ¡Es tan romántico!

Y no solo es la habitación… no. Toda la buhardilla es para mí: un baño más grande que mi estudio (*vs.* chabola) de alquiler en Madrid, un «cuqui» despacho y mi enorme habitación. La decoración de la casa es austera. Ni frío ni calor. Ni vieja ni nueva. Ni chicha ni limoná.

Alex, el del trastorno bipolar textil, me ha mostrado primero los exteriores de su casa (me quedo con la piscina casi olímpica) y el interior. Finalmente posee tres plantas. En la baja se hallan las zonas comunes, en la primera varias habitaciones, despachos y baños, y la tercera… que es (actualmente) la mía.

Hasta el mediodía tengo tiempo libre. Hago mis deberes y anoto las primeras impresiones sobre Alex:

No es de muchas palabras ni de frases largas. Concreta demasiado. Muestra una actitud cercana pero demasiado protocolaria, huye de la intimidad. Da la sensación de que se siente solo, pero que no quiere remediarlo. Ante mis muestras efusivas de su casa, timidez o frialdad.

—¿No tienes cocinero?

—No me hace falta. Me gusta cocinar.

Unas verduras a la plancha y una lubina al horno han sido el mejor recibimiento que podía disfrutar mi estómago. Cuando he bajado, el olor de la comida ha transportado a mis pies y me he sorprendido al encontrarlo a él en la faena. Me esperaba que tuviera cocinero. Tampoco he visto personal de servicio. Se lo pregunto.

—Viene todas las mañanas Carla; pero se va pronto. Quizá no te cruces con ella. Hace lo básico. La cama si quieres tenerla hecha tendrás que hacerla tú.

—Ya, vale. No estoy en un hotel —le respondo un poco irritada. A ver si se piensa este que soy una señoritinga.

Creo que capta mi malestar. Se lleva una mano a la boca mientras me mira con ademán intrigado.

—Cada vez me gusta más la intimidad y prefiero que no haya gente rondando por mi casa —expresa con un tono que pretende ser sincero para no incomodarme.

—Bueno saberlo —respondo de igual manera—. ¿Y no te aburres?

—No. Ya he vivido demasiada fiesta y no funcionó. He cambiado de estrategia. —Repite un guiño palpebral habitual y se levanta para llevar los platos al fregadero.

—¿Y funciona esta? —Paula la psicóloga en acción.

Tras dejarlo todo se apoya en la encimera y se toma varios segundos para contestarme:

—Tampoco mucho, pero es mejor así.

Sin más, se da la vuelta y comienza a enjuagar los platos. Yo me sitúo a su lado y los introduzco en el lavavajillas. El aroma de su perfume me sorprende. No esperaba que usara Chanel. Cuando terminamos me escucho diciéndole:

—Ves, es mucho mejor trabajar en equipo.

No me contesta con palabras, pero sí con un gesto que me ha dejado a mí sin las mías. Sonriéndome se ha acercado y ha arrastrado una mano por mi cuero cabelludo.

—Ven. Te enseñaré las cuentas.

¡Oh, oh! ¡Las cuentas, no! Comienza el peligro.

Tres arcaicos archivadores diferentes clasificados por ocupación de la que procede el dinero.

El primero de una millonaria herencia que me ha reconocido que no esperaba y fue con la que cambió de vida. Con una escueta aclaración de Alex «yo antes no tenía tantos lujos» he entendido que procede de una familia de clase media. Posee cuantiosos fondos e inversiones que creo que pretende que gestione yo. ¡Ja!

El segundo archivador deriva de una cadena de heladerías que atesora por toda Mallorca. Él y, sobre todo, su abuelo la dirigen personalmente. Pero tal es el éxito que necesitan mi ayuda. ¡Ja, ja, ja!

Antes de contarme lo que esconde el tercer archivador, he de firmar un contrato de confidencialidad que me ha entregado en mano. Me mata la intriga. ¿Qué será? Me temo que este chico va a tener dinero no declarado, si es que estos ricos, ¡no se salva ni uno!

—Me gustaría que conocieras una de las heladerías para que te hagas una idea. ¿Te apetece?

—Sí, claro.

Alex mira su reloj.

—Vayamos ahora, no debe de haber mucha gente. Iremos a Andratx y si quieres me cuentas algo de ti, por ejemplo por qué has elegido dedicarte a la contabilidad.

Capítulo 6

No me considero una sagaz investigadora, pero torpe tampoco y aquí hay gato encerrado.

Alex volvió a cambiarse de ropa y hasta se puso una gorra desteñida. En el viaje hacia la heladería fue relajado, contándome que tras recibir esa inesperada herencia, y no saber en qué emplear tal fortuna (¡hay que jorobarse qué suerte tienen algunos!), optó por el sector heladero. Su abuelo Jesús había dedicado toda su vida a ello y por lo que entreví en sus palabras es a la persona que más admira. Ahora detentan unas treinta tiendas por todas las Islas Baleares.

Cuando aparcábamos, frente al local, su semblante se endureció. Alex posee una mandíbula tan marcada que cuando se altera llama la atención. No bajó del coche hasta que la acera se vació de gente. Como yo ya le esperaba fuera, cuando se decidió a evacuar le hice un gesto interrogante, pero él dibujó una sonrisa por respuesta y zanjó el cuestionario adentrándose en su heladería.

Un paraíso de sabores, de gusto, de pulcritud, de armonía. Eso es lo que me encontré. Alex, como ya me temía, avanzó hasta la escondida cocina y allí me presentó al personal y, en concreto, a Maribel, su mano derecha. Una mujer (mujerona) alta, delgada, con una melena para venderla (y forrarse) y una cara de lo más dulce, igual que su actitud. Me cayó bien desde el primer momento, pero dudo que a alguien le pueda no gustar. Es tan sonriente y natural que te encandila. Fue ella la que me estuvo enseñando las máquinas y explicando de qué manera elaboraban los helados. Claro, los degusté. Todos. Alex prácticamente se encerró en su despacho, pero en las pocas veces que salió pude observar la camaradería entre él y Maribel.

Ella: ¡Qué guapo vienes hoy!

Él: ¿Verdad?

Ella: ¡Qué de gente! ¿Por qué no atiendes tú?

Él: ¿Nunca te cansas de la bromita?

Ella: Jefe, necesito librar mañana. Urgente. Tengo un *casting*.

Él: ¡Que tengas suerte!

Todo bromas. Algunas las pillaba, otras no, pero me apunto lo relajado y jocoso que he encontrado a mi jefe *vs.* sujeto de estudio.

Maribel me ofreció quedar algún día para mostrarme sitios imprescindibles en Mallorca (en tono cifrado que cualquier mujer entendería como «las mejores tiendas»). Por supuesto, he aceptado. Ahora que voy a tener un sueldo digno…

El caso es que, aunque sea el primer día y puede parecer precipitado, mi diagnosis sobre Alex comienza a forjarse. Tiene fobia social. ¿Por qué? ¿Desde cuándo? He de averiguarlo, para eso me paga, en parte, aunque él no lo sepa.

Ahora me acabo de duchar en mi súper baño y estoy preparada para bajar a cenar.

Alex, en modo Gucci, sirve la cena en un porche frente a la piscina.

—Me siento un poco consentida. Vas a tener que dejarme cocinar a mí alguna vez —le digo mientras me siento en la silla que él arrastra para mí.

—Es el primer día, Paula. Permíteme agasajarte. Me gusta cocinar para otros.

—Ya, pero yo no estoy acostumbrada a tanto agasajo.

—Tranquila, habrá días que ni siquiera nos veamos. Siempre hay alimentos en la nevera y en la despensa.

—Que tendré que pagar, digo yo.

—No, rotundamente, no.

—¡Ah! No sabía que venía con todos los gastos pagados.

—Me sientan mal las rotundidades.

—Con todos no —especifica mientras descorcha una botella de vino que supongo que debe de costar más que mi móvil—, pero la vivienda, transporte y comida sí.

—¿Transporte?

—Sí, tienes un coche en el garaje para tu usufructo.

—¿En serio? —Me sale la risa sola. Esto ya es demasiado. No voy a querer volver.

—Paula —dice mientras se sienta y me mira profundo—, quiero que esto funcione. Necesito ayuda y creo que tú puedes tendérmela. Me has caído bien. Vas a convertirte en mi agenda, vas a llevar mis cuentas y probablemente tengas que soportarme en muchos momentos. No siempre me encontrarás así de tranquilo.

¡Vamos, indaga, Paula!

—¿A qué te refieres? —continúo imitando un tono desinteresado con mi voz, mientras mi dedo trata de expulsar la angustia bordeando el final de la copa compulsivamente. Si tuviera un botellín, la pegatina ya no estaría aquí.

—Me refiero a... —Se lleva una mano al pelo—. Espero que no me veas así.

—¿Así cómo? —insisto. ¿Voy a concretar el diagnóstico el primer día? ¡Soy mejor psicóloga de lo que creía!

Muerde su labio y sus ojos apuntan hacia el suelo. Creo que está eligiendo cómo decirme que está taradillo.

—Desbordado —pronuncia y después resopla.

—¿Cómo? —Es un término muy ambiguo, necesito que me describa sus síntomas.

—No siempre se está tan tranquilo aquí. Hay temporadas de mucho trabajo. El teléfono explota de llamadas, mi correo se colapsa... No llevo nada bien dejar cosas pendientes por hacer. No sé desconectar. Por eso te he contratado.

¡Como la mayoría de gente responsable! ¡Vaya chasco! Hago un esfuerzo por recomponerme y que no se me note, porque me he ido escurriendo en la silla a medida que hablaba.

Ha cocinado un *tumbet*, plato vegetariano típico de la zona, y para que no me creyese que las proteínas cárnicas no formaban parte de su dieta ha elaborado unos aperitivos de sobrasada que se derretían en mi bocaza (creo que solo le he dejado ingerir uno).

Al terminar, reanudamos el ritual de antes de recogida de platos y nos reímos con Chester que intenta lamer todas las sobras. Cuando me despido para subir a mi habitación y poner en orden mis ideas, Alex me sorprende:

—¿Te importaría acompañarme?

—¿A dónde?

—Es la noche de San Juan y tengo la tradición metida en las venas por culpa de mi madre.

34

—¿Y a dónde quieres ir? —Con lo que le gusta la gente no sé qué pretende.

—A ningún lado. Haremos una pequeña hoguera nosotros. ¿Me acompañas, por favor?

Esto me cuadra más. Acepto la mano que me tiende y me dejo conducir por él a un extremo de la piscina. He de admitir que me ha impresionado su suavidad y las cosquillitas que he sentido al ir de la mano junto a él. Probablemente por lo extraño y rocambolesco del caso.

—Un montón de mitos nacen de la noche de San Juan y mi madre creo que se los sabe todos. Ya desde pequeños montábamos una hoguera en casa, saltábamos, lanzábamos deseos al fuego; en vasijas con agua cubríamos algunas joyas y esa agua lo usaba después mi madre para bendecir la casa. —Hablan sus recuerdos y por su expresión parecen felices.

—¿Eh? Nunca había oído eso.

—¿No? Pues mejor no te cuento lo de la higuera. —Ríe. Reconozco que su mandíbula me tiene encandilada y cuando sonríe... más.

—¿Tienes hermanos? —No es mera curiosidad, necesito elaborar un retrato de su infancia.

—Sí, bueno, hermanastros. Me quedé en medio, puede decirse. —Mientras responde va modelando con palos y un poco de carbón un montoncito encima de unas piedras. No logro verle la cara.

—¿Qué significa quedarse en medio?

—Significa que mis padres se divorciaron cuando yo apenas sabía andar y que en unos años formaron sendas familias por su cuenta —comenta con una discreta aflicción que no pasa desapercibida para mis orejas psicólogas.

—¡Ah! —¡Ya lo tengo! La típica historia de desestructuración familiar que afecta en la edad adulta. El asunto es que yo lo veo bastante cuerdo...

Alex enciende el fuego. Una primera llamarada nos echa para atrás. Meto un grito exagerado porque me ha pillado por sorpresa. Chester aparece de pronto y me empuja al suelo para protegerme. Caigo toda enterita yo al terreno con el perro encima chupándome la cara como si su saliva fuese ignífuga.

—¡Por Dios, Chester! —dice Alex reprendiéndolo y apartándolo de mí.

Mi mejor amigo canino me da un último lametón antes de irse y Alex me ayuda a levantarme tendiéndome las manos.

—¿Tienes a tu perro adiestrado como bombero?

Alex se ríe mientras me ayuda a levantar. Su carcajada es refrescante y contagiosa. Desde hoy puedo decir que este chico ríe muy bonito.

Tras el primer susto queda una hoguera muy apañada que encanta el ambiente pintando colores en la oscuridad.

Se ha parado el tiempo. La llama ha dibujado tantas formas que parecía encantada y yo no lograba dejar de atenderla. Cuando he levantado la mirada me he encontrado con la de Alex que me buscaba. Mis oídos han comenzado a pitar como taponados y solo podía guiarme por mi sentido de la vista, que lo atendía a él sin remedio. A través de la luz del fuego me ha parecido increíblemente atractivo, todo, enterito él. Durante este día no le he mirado como ahora lo hago y sinceramente, no lo entiendo. Alex le gustaría a cualquiera y si no, a mí sí. En su cara además de equilibrio distingo la picardía de sus ojos y su boca, la firmeza de su nariz, la severidad de su mandíbula y la improvisación de su pelo.

La voz de mi consciencia me chilla que deje de mirarlo así, pero no puedo. Desciendo la mirada por su contorno de más de metro ochenta de músculos firmes y descarados. Siento cómo mi corazón late acelerado.

Alex se me acerca con toda su astucia para tenderme una hoja con un lápiz.

—Paula, escribe tus deseos aquí. Ahora los quemaremos juntos.

Y así hago:

Terminar mi doctorado con éxito.
Encontrar un buen trabajo. Encontrar
el amor de mi vida (y que me responda).
Salud para toda mi familia y para mí.

Muy básico, lo sé, pero bastante tengo con no intentar curiosear en sus deseos. Alex escribe a mi lado y estoy haciendo verdaderos esfuerzos por no cotillear. Mi ética profesional me lo impide.

—¿Los tienes? —me pregunta al terminar. Afirmo con la cabeza. Desde hace rato mi boca está más seca que la esponja de cualquier guarrete del Medievo.

—¡Lánzalos al fuego y que la hoguera, con la ayuda de los astros, los cumpla!

Los lanzo tan entusiasmada que nada más hacerlo una corriente de energía me invade. Podría parecer idiota, infantil, inocente, pero creo que este momento va a marcar el resto de mi verano.

—Me gusta que estés aquí. —Mis ensoñaciones despiertan con la voz de Alex. Giro para verlo de frente. ¡Ooy, ooy, ooy!

—Y a mí —susurro porque contengo mis tremendas ganas de besarlo—. Gracias por esta gran acogida, Alex.

—Me gustas, Paula, y no es fácil despertar en mí esos sentimientos.

¿Le gusto? ¿En qué sentido? ¡Va! Seguro que, como amiga, no en plan sexual. ¿Qué estoy pensando? Paulita, vete a la camita ¡yaaa!

—Me voy a descansar —le digo.

—¡Un momento! —me pide mientras me agarra una mano. ¿Me va a besar? Se me sale el corazón por la boca—. ¿Has firmado el contrato de confidencialidad?

¡Aysss! ¡Qué chasco!

—Sí, perdona. Mañana te lo bajo —le confirmo mientras me alejo. He de salir de aquí y recobrar mi juicio.

—Espera, Paula. —Acelera sus pasos para situarse frente a mí—. No sé qué habrás imaginado al tenderte algo tan extraño y me gustaría que supieras por qué lo he hecho.

—Dime —me puede la curiosidad.

—A ver… escondo un pseudónimo porque soy escritor. Soy Alejandro Carson.

—¿Estás de broma? ¿Alejando Carson? ¿El de *A lo lejos mi estrella*? ¿El de *Sucias nubes*? —Arroja mi estupefacción.

—Sí ese, el de *Papiro*.

—¿El de *Papiro*? ¡Claro! Ganaste el Planeta, ¿no? —Mi tono ha aumentado emocionado por tal revelación.

—Sí, pero no fui a recogerlo… fue muy sonado.

—¿Pero tanto miedo tienes a la gente?

—¿Miedo a la gente? ¿Yo?

—Pues tú dirás. Pseudónimo. Gorritas. Te sientes mal en espacios abiertos como el aeropuerto, tú mismo me lo has dicho.

—Vale, muy perceptiva, pero errada. —Ríe—. Yo no tengo miedo a la gente ni a los espacios abiertos. Ya lo entenderás. No sabes cuánto me alegra que no lo sepas.

—Más que a mí —pronuncio un poco irritada. Si algo me molesta en la vida es no saber—. Alejandro Carson, me voy a la cama. Tu secreto está seguro conmigo.

—Gracias.

—Gracias a ti por confiar en mí.

Me alejo todo lo rápido que puedo porque por una razón que desconozco siento unas tremendas ganas de llorar, pero es probable que procedan de unas cosquillas que han nacido en mi vientre esta noche.

¿Ahora qué hago?

La diosa Selene sonríe satisfecha. Ella, la Diosa de la luna, se ha atrevido a pasear en su carroza de plata. Todos los años que puede visiona las hogueras que le ofrecen a su hermano el dios Helios, el dios de Sol. Hoy ha encontrado este pequeño homenaje y se ha dejado seducir por la intimidad y atracción de una pareja que se acababa de conocer. Ha decidido quedarse y desprender toda su magia para que se enamoren locamente, para que vivan el amor que se merecen dos almas tan afines y bellas. Pocos son los que se han negado a su magia. Su hechizo provoca tal atracción que a los humanos les resulta francamente difícil resistirse a vivir un amor tan pasional. Claro, que siempre depende de ellos...

Ella conoce los síntomas:

Al principio sentirán la necesidad imperiosa de tocarse. La primera vez que lo hagan tras el hechizo una corriente eléctrica les chispará haciéndose efectivo. A partir de ahí, solo con rozarse, las sensaciones serán magníficas y adictivas. Se necesitarán. Pasión, una pasión que será difícil ocultar.

A medida que transcurra el verano el hechizo se consumirá. Si ha nacido el amor la pasión perdurará, si no desaparecerá y se olvidarán el uno del otro.

Selene marcha prácticamente convencida de que ese fantástico escritor ha encontrado al fin a su musa y permanecerá en el tiempo; sus convicciones se ratifican porque nada más irse ella, él ha comenzado a escribir...

Capítulo I
Nunca competirás
Alejandro Carson

La llave que quizá destruya el baúl de sus desvelos acaba de aterrizar.

Nunca se imaginó contratando a un detective, pero menos aún que fuese mujer. Así es la vida. Así es su vida. El cosmos le maltrata desde esa fecha. Su paso fluía como un río caudaloso y encauzado, pero desde el instante en que una célula pancreática de su padre mutó a maligna, el río se secó y perdió el cauce.

El pasaje completo ha partido ya y no hay rastros de Aitana Bravo. Sale a la calle para asegurarse de que no se hayan cruzado. No. Vuelve a dirigirse a la zona de llegadas y su atención se fija en una enorme maleta abierta. Cree que alguien rebusca en ella. Se acerca. Atisba unas manos femeninas.

—¿Aitana Bravo?

—Sí. ¿Diego Sandoval? —Una impresionante mirada celeste espera su respuesta. Le tiende la mano.

—Encantado. —Es la primera vez que cada letra de ese saludo toma consistencia. Esa mujer es preciosa. Sin más. Preciosa, de verdad. De verdad porque no va maquillada, porque siempre ha preferido la belleza natural a la tratada. Una media melena ondulada castaña, nariz respingona que apunta a unos ojos de un color verde tan limpio que se ha convertido en su color favorito a partir de hoy.

Sus manos se saludan. Algo que cuelga entre sus brazos le despierta del encantamiento: un sostén. Se le ha debido enganchar.

—¿Es para mí? —logra bromear a pesar del impacto.

—Si lo quieres tuyo es. Siempre y cuando le des uso. —Le sonríe. Ahora la belleza de sus labios compite con su portentosa mirada.

[...]

La luz de la hoguera ilumina en primera instancia las copas de vino, tras ellas un sinfín de papeles, guardando unos resquicios de luz para ellos dos, que sentados en el suelo conversan sobre la investigación.

—Cuéntamelo como si fuera una niña. Me vendrá bien. Yo no sé de caballos. —Tal y como le pide Aitana, Diego se dispone a resumir una síntesis de lo sucedido.

—Kirov, nuestro potro más prometedor, apareció muerto una mañana hace cerca de siete meses. Los peritos descubrieron que había sido asesinado. Alguien le administró una dosis de insulina letal. Kirov deslumbraba en cada carrera, lo estaba ganando todo. Había muchas miras puestas en él. En unos meses, cuando cumpliese los tres años, iba a convertirse en un pura raza.

Su domador de siempre, Félix, se había puesto en contacto con posibles compradores en Córdoba y en Sudamérica y ya teníamos negociada la venta por una cuantiosa cifra. De un tiempo a esta parte, el mercado sudamericano se muestra muy interesado en pura razas españoles. No llegamos a tiempo, lo mataron la noche anterior.

—¡Oh! —Aitana se lleva las manos a la boca.

—La Guardia Civil sospechaba de su antiguo dueño, Amancio Ríos, el propietario de la finca Los Arroyos, y su secuaz, David Lozano. Amancio compró a Kirov en una yeguada en Extremadura, pero a los meses nos ofreció cambiarlo por una yegua nuestra. Alegaba que ya tenía un caballo ganador y que además Kirov tenía un carácter difícil. Aceptamos, desde el primer momento nos gustó y no erramos.

—¿Entonces fue el propio Amancio el que se deshizo del caballo?

—Sí, pero Amancio es conocido por su mal perder y sus cuestionables técnicas, y a su secuaz, David, ya se le han atribuido diversas fechorías a caballos de otras hípicas; pero no se han podido demostrar. También sospechaban de Félix, su domador de toda la vida, puesto que unos días antes yo le negué su parte de los beneficios de la venta y podía querer vengarse de mí.

—Efectivamente.

—Ya, pero varias razones tumban esta teoría: Félix tenía mucho cariño a Kirov y además poseía dos yeguas preñadas de él, y este al morir antes no llegó a ser considerado semental.

—No te entiendo.

—Los potros que nacieron de esas cubriciones ya nunca alcanzarán el valor habitual de descendientes de sementales. Hazte a la idea de que al no obtener el certificado de pura raza pasan de valer ocho mil euros a doscientos euros.

—¡Ahhh! ¿Y por qué le negaste los beneficios? —le pregunta.

—Porque unos días antes recibí un *email* anónimo en el que me mostraban las cuentas de Félix. Él había recibido una cuantiosa cantidad de dinero de la cuadra que nos iba a comprar a Kirov. Él me convenció para que lo vendiera. Me manipuló y me hizo enfrentarme a mi hermana menor, Jimena.

—¿Por?

—Kirov era su caballo, ella era su jinete desde que llegó a nosotros, pero necesitábamos el dinero. Jimena solo tiene dieciséis años y no entiende de gestiones ni de apuros financieros. Desde la muerte de mi padre nuestra situación económica va de mal en peor. Kirov iba a ser nuestra tabla de salvación.

—¿No estaba asegurado?

—Sí, pero solo nos han pagado vente mil euros. Últimamente los seguros rechazan cubrir las muertes sospechosas porque muchos dueños arruinados optan por la vía fácil.

—Continúa, perdona. —Mientras Aitana anota en una agenda lo que le va diciendo, el movimiento de su melena ondulada desprende un aroma que se apropia de sus sentidos. Diego se concentra en proseguir lo que les ocupa y dejarse de chifladuras.

—La investigación cursó por una posible alianza entre Amancio...

—¿El exdueño?

—Efectivamente, entre él y Félix, el domador. La señal de sus móviles los situaba cerca de esta zona en la madrugada, pero alegan haber estado en un club muy cerca de aquí... ya sabes.

—Muy listos. Donde nadie confiesa. De todas formas, si no he leído mal, esa noche hubo una fiesta en tu casa y Amancio era uno de los invitados, ¿no?

—Sí, fue una merienda cena para festejar el comienzo de la nueva temporada, cosas de mi madre. Sobre la medianoche todo el mundo había partido. Además, Kirov estaba bien, yo lo vi.

—¿Cómo? —Un rubor que espera pasar desapercibido se anquilosa en sus mejillas. Se dice para sí que es mejor soltarlo de golpe y que no hay de qué avergonzarse... efectivamente.

—Estuve con una amiga pelando la pava sobre las doce en los establos.

—¿Pelando la pava?

Aitana eleva sus cejas y una tímida sonrisa socarrona lo avergüenza más si cabe. No entiende por qué le da tantas vueltas y no le dice que se estaba tirando a una amiga de una amiga tras la fiesta, que es un hombre soltero y que… ¿por qué se está justificando si ella solo ha elevado las cejas?

—Sí, pelando la pava —le repite con firmeza.

—¿Me lo explicas mejor, por favor?

—¿Qué es lo que ha oído en su voz? No, no son imaginaciones suyas. Aitana ha carraspeado, insegura, y ha bajado la cabeza tras ello.

—Por supuesto, te lo explico mejor. Pelar la pava en un establo a las doce de la noche con una desconocida es sexo, sin más.

—Comprendido. —Advierte su conmoción—. Eh, ¿y cuál fue el fallo del juez?

—Los absuelve. No hay pruebas determinantes, pero yo me niego a aceptarlo. Entiéndeme. Quiero que el culpable pague el daño que le ha provocado a esta familia.

Ella se levanta trastabillada apoyándose en él. Diego se incorpora después para ponerse a su altura, frente a frente y así poder contemplar el objeto de su comezón corporal. Debe de ser algo de su perfume, porque es guapa… pero no tanto como para tenerlo así de despistado. Lo único que pensaba mientras le relataba lo de Kirov era en cómo hacer para morderle el labio inferior. Hace tiempo que una mujer no lo impactaba tanto. Rezuma inteligencia, interés, escucha, humor y atractivo. Pero no, se acabó, él ha firmado un pacto consigo mismo, lo único que acepta en su vida es sexo, de cualquier forma, pero solo sexo. No piensa hacer daño a nadie más, y de paso a sí mismo tampoco.

—Me siento un poco mareada, el vino, el viaje… —expresa ella.

—¿Te acompaño a tu habitación?

—No, mejor voy sola. Gracias, Diego.

El tono de su respuesta ha hecho evidente que ella también ha notado el subidón en la atmósfera, quizá su definición de «pelar la pava» no ha ayudado. «Somos mayorcitos», se dice. Tantos años de escarceos le han servido para saber cuándo interesa a una mujer.

Contempla su silueta desvanecerse.

—Diego. —Escucha en la oscuridad y sus precauciones sucumben animándole «si te dice que vayas, hazlo»—. Mañana quiero que me hables de tu familia.

—Perfecto. —Disimula su decepción.

Capítulo 7

¡Qué bien he dormido! Acostumbrada al traficazo de Moncloa, donde me resguardo de las inclemencias del frío en mi moraducha alquilada, es normal que en la calma marítimo-montañosa de Capdellá descanse como un muñeco en un trastero.

He de admitir que tras el estallido sensual vivido con Alex en la piscina con nuestra seudohoguera de San Juan, me costó conciliar el sueño. Además, esta casa será muy nueva, muy chic y muy cara, pero se oye todo. Al poco de acostarme escuché trastear a Alex cerca de mi terraza y no pude impedir a mis pies que se acercaran a curiosear.

Efectivamente estaba sentado bajo un porche, con una botella de vino, un paquete de tabaco y un portátil. Alejandro Carson, uno de los escritores que más me enganchan, estaba escribiendo a tres metros de mí… ¡como para dormirse!

Suena mi móvil. Es mi hermana, elegí la canción *Cuento de ranas* de Miguel Osa, su cantautor favorito, como su tono de llamada.

—¡Hola, mallorquina!

—¡Hola, pesada! ¿Qué tal?

—Yo normal, ¿y tú? ¿Qué tal tu nuevo curro secreto? —Sí, mi hermana lo sabe todo. No porque yo no pueda vivir sin contarle mis hazañas, más bien es porque ella se entera de ellas casi antes de que me sucedan. En ocasiones he pensado que mi propia hermana tiene pinchado mi teléfono. Si se le escapa algo y más tarde se pispa, me cae la del pulpo a la gallega. Por tanto, como no soy de guardar secretos y a ella es imposible, decidí desvelarle mi misión en Mallorca la tarde antes de partir. Ahora me alegro porque necesito desahogarme.

—Pues cómo decirte, Susana. Bien y mal. Bien porque me alojo en una casa más grande que la de tía Carmen.

—Bien. Cuelga fotos en Facebook para que se ponga verde de envidia, la piche y heredemos.

—¡Susana! —la reprendo—, no seas bruta. —Eso es pedir un milagro. Es una terrorista lingüista.

—¿Y lo malo? ¿Qué hay de malo? Tienes un sueldazo, un hogar confortable cerca del mar… ¿Es él? ¿Te trata mal? Mira que me lo imaginaba, si es que no era normal, ¿de qué un tío joven va a necesitar un psicólogo sin que él lo sepa?… ¡Sal de ahí, Paula, ya!

—Para, para, Susana. —A mí ya no me chocan sus juicios acelerados; lo de su mente me daría para otra tesis doctoral y seguro que con más éxito—. Se ha portado genial conmigo, es muy atento, amable, cocina para mí, me ha prestado un coche para que me pueda mover por la isla…, tranquila, eso no es.

—¿Entonces qué es? ¿Le huelen los pies?

—Tampoco. Huele genial.

—¡Está bueno! ¡Es eso! ¿Y qué? Mejor vivir con un Légolas que con Frodo, ¿no? Además, así le puedes curar de una manera más íntima.

—No, no puedo. Pero es que además de ser increíblemente atractivo, es que noto algo cuando me mira, Susana… no lo sé explicar.

—¿Ya te has enamorado? ¡Paula, por Dios! Sé prudente.

Que mi hermana me pida prudencia debería preocupar-me y mucho.

—No, no me he enamorado, ni lo pretendo, pero podría atraerme...

—Si es que estás muy falta, te lo vengo diciendo. Deberías haberte venido a los *castings* conmigo. Allí pillas seguro. Por cierto, he pasado el segundo... ¡Voy a entrar! ¡Voy a entrar! —canturrea feliz.

—No entres, Susana, por favor. Te van a freír el cerebro.

—Susana es una fan declarada de cualquier *reality*. Hace me-ses se presentó a *Gran Hermano* y, muy a mi pesar, al final lo va a lograr.

—Mejor, así tendrías material para tu tesis. —Se carcajea.

Siempre se cachondea de mi tesis. ¿Por qué? Pues por-que versa sobre lo que a ella le vuelve loca: los *realities*. En mi estudio quiero demostrar el daño que hacen este tipo de concursos a la larga. Una vez que los concursantes salen del programa, se encuentran con una esporádica fama que es tan falsa como sus nuevos amigos. Suelen cambiar todos sus hábitos, su trabajo, su hogar, muchos dejan a sus parejas para perderse en bolos, fiestas donde todo el mundo desea una foto con ellos. Hay que estar muy preparado psicológi-camente para saber lidiar con el éxito fortuito del comienzo y el olvido del final, y casi ninguno lo está.

—Te lo digo en serio, Susana, no entres ahí. —Se me ha elevado un poco la voz.

Me asomo por la terraza para oxigenar mi mal humor. ¡Madre de todos los santos! ¡Qué visión! Alex se acaba de acercar corriendo con Chester, sin camiseta, y ahora se está quitando los pantalones de algodón para tirarse a la piscina (quién fuera piscina). Vale, mi hermana tiene razón, sufro de carencia de sexo desde hace ni se sabe, estoy más falta que Paquita Salas.

No sé si se me ha escapado un gemidito entusiasmado o Alex se ha dado cuenta de que ya no vive solo, pero justo antes de quitarse el bóxer blanco ha levantado la cabeza y se ha encontrado con una boca abierta y babeante (y no es la de Chester, no, es la mía). Huyo avergonzada a la intimidad de mi habitación.

—¡Me ha pillado, Susana! ¡Me ha pillado! —susurro al teléfono.

—¿Qué pasa?

Oigo el impacto del agua de la piscina que ha debido de provocar Alex al zambullirse. Cuando le voy a explicar a mi hermana la cuestión, escucho por mi terraza:

—¿Por qué no bajas y te das un baño?

—¿Le has pillado en pelotas? —¡Ves como mi hermana deduce a la velocidad de la luz!—. ¡Baja ahora mismo a esa piscina! —se carcajea.

—¡Vete a la porra! —Cuelgo.

—¡Paula, venga! ¡Anímate! —Escucho de nuevo su voz atravesando mi balcón.

Como soy una mujer adulta y Alex ha normalizado la pillada, me asomo.

—¡Buenos días, Alex! Prefiero ponerme al día en tus asuntos.

Alex mueve la cabeza hacia los lados en señal negativa, pero yo no puedo dejar de admirar lo que me permite el agua. Un tórax marcadito, bronceado, con unos brazos largos y fuertes que harán las delicias a las mujeres que abracen.

—¿Y qué mejor que hacerlo con el interesado? No acepto un no. ¡Baja!

—Es que...

—¡Baja!

Vale, bajo. Punto.

Igual muero ahogada, pero cómo me lo estoy pasando. Llevamos más de una hora en la piscina, hablando, riendo, jugando.

Nada más bajar Alex me ha preguntado que a quién he mandado a la porra por teléfono. Le he hablado de Susana y su afán por los *realities*. Le ha hecho mucha gracia mi total rechazo hacia ese tipo de tele. No recuerdo cómo ha avanzado la conversación para que me haya preguntado si entablaría amistad con un exconcursante de alguno. Mi explicación de que creo que la gente que entra ahí es simple, hueca y que busca el reconocimiento fácil y yo no milito con esas ideas, casi le hace troncharse, seguro que por mi brusquedad.

Yo le he preguntado que si ayer por la noche estaba escribiendo, y me ha respondido con un sorprendente: «Sí, fue tu culpa, me inspiraste». Tras recuperar el aliento he intentado sonsacarle datos. Le he preguntado si no le asola la tristeza de vez en cuando al vivir en una casa tan grande y tan vacía.

—Tengo veintisiete años, pero he vivido mucho. En una época eso fue lo que buscaba en cada cosa que hacía: gente a mi alrededor, experiencias. —Chasqueando la lengua—. Y las encontré. Lo que no esperaba es que algunas fueran tan desastrosas que las arrastraré para siempre. Esa es mi vida.

—¿Qué es lo que arrastras? No digo que me lo cuentes —le he incidido para que no me comparase con la portera—, me refiero a qué te generan esas cargas.

—No sé... —Rascándose la cabeza—. Tristeza, ganas de estar solo, lo normal, ¿no? ¿No te pasa a ti? —me ha preguntado mientras me acorralaba en un bordillo con sus abrazables brazos.

—Yo, yo... —tartamudeando—. No he tenido muchas experiencias. Viví en mi pueblo hasta que me fui a la universidad, solo he viajado a París, y no salgo mucho porque estudiar y trabajar no me deja horas libres. Esa es mi vida.

Alex toca mi nariz.

¡Ahhh! —chillamos los dos. Un calambre como un rayo se ha descargado entre su cuerpo y el mío.

—¿Qué ha sido eso? —me pegunta con los ojos muy abiertos.

—No sé, será por el agua, pero casi me electrocutas.

Alex sonríe y con un gesto intrigado pero a la vez juguetón se acerca para tocar de nuevo mi nariz. Esta vez ya no hay corriente, pero sí muchas cosquillas.

Tras una mirada tan intensa que el agua de la piscina se estaba comenzado a evaporar y mi estómago iba a convertirse en centrifugadora, una carcajada de Alex me ha devuelto a mi ser y a sus brazos.

Ahora lleva ya más de diez ahogadillas mientras yo me intento enroscar en su cuerpo para verticalizarme. Al fin logro envolverlo con mis largas piernas (mido uno setenta y cinco y ya sé por qué) y me agarro a su espalda para inmovilizarlo.

¡Oh, oh! Estoy encaramada como un koala. Alex sonríe de medio lado y camina dos pasos hasta dar con mi espalda en la pared. Bajo las piernas de su cintura y retiro mis brazos, instantáneamente. Quedamos frente a frente. Tengo que contener las ganas, que manan de mi pecho, de besarlo. Unas ganas que nunca he sentido. Unas ganas tan desconocidas que me desbordan, provocándome ansias de llorar, de reír, de gritar.

Alex posa una mano por debajo de mi cuello, cerca del corazón, y estirando el brazo se aleja un paso. Después lo retira y señala al espacio que hay entre su tórax y el mío.

—¿Lo sientes, verdad? —dice con la voz entrecortada.

No puedo más que afirmar con la cabeza e intentar sostener una lagrimita que por alguna razón se empeña en dejarme en ridículo.

—No, Paula, intentemos que no. ¿Vale? —dice alejándose de mí como si de repente pensara que tengo el Ébola—. No te convengo.

Se pega la vuelta saliendo escopetado de la piscina. Yo meto la cabeza dentro del agua para enfriar el calentón que fluye por cada poro de mi piel. Cuando la saco observo cómo envuelve su cintura con una toalla y sueño con perderme algún día en el surco que deja su columna hacia sus piernas. ¿Estaré en celo?

Capítulo 8

Trabajar dignifica. Y tanto. Todo el día encerrada en mi buhardilla poniéndome al día con los negocios de Alex y su agenda, me ha aclarado la mente.

Lo acepto; no voy, a estas alturas, a negar lo evidente. Me gusta. Es que desprende algo que no sé yo... pero es mi jefe y mi paciente y ni una cosa ni otra emparejan legalmente con romance. «Si eres capaz de validar tus sentimientos y darles nombre, estás en el camino de la curación». En ese precepto me he de apoyar cada vez que lo tenga delante. Mi comportamiento será profesional y amistoso, pero manteniendo la distancia.

He enviado a mi jefa los datos de los archivadores uno y dos, pero del tres, no. Ignoro si ella sabe quién es, realmente, Alex Fortuna, pero no seré yo quien se lo desvele. Además, a pesar de que gana un dineral con sus novelas, es fácil gestionarlo y esta mañana me explicó que lo que más le interesaba eran las fechas, no las cuentas. Para eso confía en una gestoría. Él quiere que yo le administre las llamadas, los eventos, que hable con su editor, con la agencia de publicidad, que resuelva los conflictos que surjan en las heladerías y Maribel no pueda resolver por sí sola..., en fin, que sea su mano derecha para que él pueda despreocuparse y centrarse en escribir. La dura vida del artista.

Y eso me ha llevado todo el día. Cuando salí para nutrirme, Alex me había escrito una escueta nota explicándome que había dejado comida en la nevera y que volvería tarde. También he cenado sola, solita, sola, bueno del todo no, Chester me ha acompañado. Ahora trabajo en mi tesis tumbada en mi cómoda cama. Hace semanas entrevisté a varios participantes extranjeros de *Gran Hermano* que confirmaron mi teoría. Tras dos años de éxito, se sumieron en una depresión de la que no terminan de salir.

Las doce. Hora de apagar. ¡A dormir!

Me despierto sobresaltada por un golpe dentro de mi habitación. No se ve nada, pero algo o alguien comparte aire conmigo. ¿Será Chester? Escucho pasos cerca y parecen humanos. Me arrastro al otro lado de mi cama para intentar coger mi móvil, pero al mover la mano sobre la mesilla en la oscuridad lo tiro al suelo.

—¿Quién anda ahí? —digo a la persona que se acaba de sentar en mi colchón—. ¿Alex?

No obtengo respuesta, pero sí siento cómo la sabana se abre y un cuerpo se tumba en la otra orilla. De los nervios me resulta imposible encender la luz de la mesita y no veo nada. Salto de la cama y me agacho para coger mi teléfono. Lo desbloqueo y al hacerlo se ilumina la habitación y a mi visitante. Es Alex. Alex está metido en mi cama en postura fetal. Parece que tiembla. Acerco mi móvil a su perfil y descubro sus ojos cerrados que no se inmutan ante la luz.

—Alex, Alex —susurro, pero no me oye. ¡Es sonámbulo! Un ligero olor a vino que emana de su aliento será el que le habrá provocado este episodio.

Alex comienza a tiritar más fuerte y lo acompaña de un sollozo agudo, como si estuviera atravesando descalzo una alfombra de brasas. Me afecta tanto verlo en ese estado que sin pensarlo subo de nuevo a la cama y me acerco a él para acariciarle la frente.

—Tranquilo, Alex, es un sueño. Tranquilo —repito con un tono bajo.

Alex, en un movimiento rápido, toma la mano que le acariciaba la frente y tira de ella provocando que caiga tumbada de espaldas a él y no tarda en abrazarme y estrechar su mano a mi vientre. Me aprieta tan fuerte contra sí que cualquier intento de liberarme sería inútil. Advierto que aproxima su cabeza a mi nuca y siento cómo inhala profundo el aroma de mi piel y después esconde la cabeza en mi cuello. La humedad de unas lágrimas rueda bajo mi pijama. Estoy paralizada, no es para menos. Que un sonámbulo asalte tu habitación, se meta en tu cama y te abrace como un náufrago a un flotador es para quedarse de piedra. No estoy acostumbrada a pelear situaciones tan intensas y sobrecogedoras. De mi interior sale la psicóloga que llevo dentro para reaccionar y continúo llamándolo suave para que se despierte. Lo de no desvelar a un sonámbulo es una falsedad.

—Alex, despierta, despierta. Estás soñando.

Lo único que consigo es que me pegue más a él y mi espalda note su respiración acelerada.

—*No, no, Ai, baj baj lor no, quid!* —ha comenzado a decir eso. No hay quien lo entienda.

—Alex, despierta, soy Paula. Estás soñando. —Me reitero.

Parece que el temblor y el llanto cesan, pero no el estruje a modo garrapatoso sobre mí. Ahora sí intento zafarme, y no lo consigo porque me quedo pasmada. Alex ha acercado su nariz a mi cuello y ha comenzado a inhalar, otra vez, fuerte, mientras su lengua... ¡La lengua de mi jefe!... Lame mi piel. ¡Quiero morirme de vergüenza! Cada vello de mi piel se ha erizado y empiezo a recobrar esas cosquillas que me surgen cada vez que nuestras miradas se cruzan... ¡Oh, no! ¿Me estoy excitando? Oh, sí...

—¡Mmm! —Acabo de gemir. Se me va de las manos. ¡Concéntrate Paula!—. Alex... Alex... suéltame, venga, va, despierta —digo con la voz cargada de emociones prohibidas.

Un ronquido profundo echa su cabeza para atrás, pero la mano que aprieta mi abdomen continúa aprisionándome con ímpetu. Alex respira tranquilo y de poquito a poquito yo también. Ya ha pasado la crisis, la suya, la mía y la de Maroto el de la moto.

Capítulo 9

Me despierto… ¡Me despierto! Eso quiere decir que he dormido. Cuando la crisis sonámbula de Alex desapareció del todo, me soltó, pero se quedó en mi cama y yo no podía pegar ojo sabiéndolo ahí. Desde luego, no es de lo más habitual descansar acurrucadita a una persona que te acaba de contratar, llamadme quisquillosa. Dormir no era ninguno de los cientos de pensamientos que se me cruzaron anoche. La situación era tan surrealista como estresante, y a mí me hace falta cuarto de pipas para que la angustia me revuelva el hipotálamo y active mi insomnio.

No está aquí. ¡Gracias, Dios mío! Se me hacía más que incómodo amanecer a su lado. Ignoro cuándo marchó y si lo hizo despierto o dormido. Si he de elegir, que sea dormido y no se acuerde de nada, por favor Diosito.

—¿Se puede?

—¡Ahhh! —¡Qué susto!

—¿Estás bien? —Oigo sus risas al otro lado de la puerta cerrada—. ¿Puedo pasar?

—Aguarda un momento. —Salto de la cama, no me parece apropiado recibirlo en plan marquesa, aunque mi pijama tampoco es que sea el *summum* en protocolo y elegancia. Me atuso un poco el pelo, pellizco mis mejillas (una costumbre idiota, pero costumbre) y abro la puerta.

¿Puede ser más mono? Sí, puede ser. Si le añades pelo despeinado, ojos con arruguitas traviesas, sonrisa de famoso dentífrico, ropa de deporte liviana y una bandeja con un surtido espléndido de bollitos, un café humeante y un zumo que es sí o sí natural (o me marcho ahora mismo a reclamar a la OCU), acumula minipuntos para que me caiga al suelo de rodillas, babee como un bebito y le cante por Eros *Gracias por existir*. Pero como la prudencia, todavía, me controla, le digo:

—¡Cuánta amabilidad! Muchas gracias.

—Gracias a ti, Paula.

Agarro la bandeja y mientras me giro para poder dejarla en la mesita, le aclaro:

—Gracias, ¿por qué? Hasta donde yo sé, me pagas por trabajar para ti.

Alex me sigue y tras depositar mi desayuno dejo de darle la espalda. Me lo encuentro mirando la cama. Quizá piense que soy un desastre abriéndole con la cama sin hacer, pero si supiera la madrugada que me ha pegado...

—Sí, todavía no me ha dado tiempo a hacerla —me disculpo—, es que se me han pegado las sabanas. —Realmente quien se me ha pegado ha sido él, pero vamos a callárnoslo.

—No, no es eso lo que miro. ¿Yo he estado ahí, verdad? —Señala justo al lado del colchón que invadió esta noche.

—¿Cómo? No sé, tú sabrás. Es tu casa. —Intento sortear el vendaval.

—Paula, perdona, soy sonámbulo. Cuando me he despertado hoy, todo yo olía a ti, a tu perfume. —Eso no se lo puedo negar después de las olfateadas a las que me sometió—. Mucho me temo que esta noche me he ido de excursión.

Prefiero mantenerme en silencio y que se embarre él solito.

—¿Vine?

—Sí, viniste.

—¿Y qué hice?

—¿La verdad?

—Sí, siempre.

—Pues te metiste en la cama, tembloroso y me abrazaste.

—¿Te abracé? —Parece que lo pone en duda.

—Más bien me estrujaste, pero tranquilo podía respirar.

—¿Dije algo?

—En idioma identificable, no.

—¿Por qué no me despertaste?

—Porque estaba tan calentita, ¡no te digo! —estallo—. Claro que lo intenté, pero no hubo manera. Al menos te relajaste y conseguiste dormir tranquilo.

—¿Y tú? No veo la maleta. ¿No te marchas escopetada?

—¿Lo normal sería irse? —le pregunto con gesto ingenuo.

—Hablamos de acoso laboral, ¿tú qué crees?

—Pues que no fue acoso. Fue ayuda. Algo te ocurría en sueños y me buscaste. Punto. Y yo nunca voy a negarle la ayuda a nadie.

—¿Aunque sea en tu cama? —Se rasca la barbilla chistoso.

—Nunca le negaré la ayuda a nadie, sea donde sea. Mi código deontológico me lo prohíbe —me reitero y me doy cuenta de la fuga y de que el barro me sube por las rodillas... ¿Cómo he podido ser tan torpe?

—¿Eres médico?

—No, soy psicóloga —admito. No he encontrado más salida que la verdad.

—¿Psicóloga? —repite extrañado.

—Sí, al menos eso estudié, pero nunca me he dedicado a ello. —Mentirijilla a medias.

—Pues conmigo podrías abrir una consulta. Mira las que lío por la noche. —Alex adelanta mi cuerpo para atrapar un *croissant* y esta vez soy yo la que lo huelo profundamente y me encanta.

—¿Te pasa mucho?

—Sí, va por temporadas.

—¿Bebiste, verdad? Lo suele acelerar.

—Puede ser… Aunque yo creo que fue por tu bikini.

—¿Cómo?

—La visión de ti en bikini me trastornó por el día y me imagino que continuó por la noche.

Se me seca la boca. ¿Me está tirando los trastos?

—Me gusta que seas psicóloga, estarás acostumbrada a gente más pirada que yo.

—Ya te he dicho que no he ejercido nunca. De momento eres el más pirado.

Mi comentario provoca una carcajada en Alex y le hace expulsar el cachito de croissant que mascaban sus dientes. Miro horrorizada el suelo y provoco otro estallido en él. Al final le tengo que tender el zumo para que no se ahogue de la risa.

—Eres todo un caso, Paula. Me encantas —dice dirigiéndose a la puerta—, pero… —Carraspea mientras se voltea—. Intentemos no enamorarnos, ¿vale? Será mejor para ti. ¡Ah y otra cosa!… Cierra con pestillo esta noche.

¿Me voy a quedar aquí otra vez como una palurda? ¡Ni en broma!

—¡Ey, ey, ey! ¡Espera! —Me acerco rápidamente a él—. Dos cosas. La primera es que no voy a cerrar la puerta, tu estado de ayer era lamentable y como te he dicho no voy a negarle la ayuda a nadie que me necesite. La otra, deja de darme una de cal y otra de arena. No voy a enamorarme de ti, tranquilo.

—¿Seguro? —Distingo una leve irritación en su rostro.

Ahora soy yo la que lo deja con la palabra en la boca y cierro la puerta.

Su «¿seguro?» hace eco en mi cabeza de un lado a otro sin encontrar la respuesta que busca.

Capítulo VII
Nunca competirás
Alejandro Carson

Los sueños se le repiten. Desde que ella entró en su escena, todas y cada una de sus noches las ha protagonizado Aitana. Su insolente subconsciente lo reta a experimentar lo que no prueba de día. Son sueños tan subidos de tono que en ocasiones cree sonrojarse cuando se encuentra con ella.

«No es el momento», se repite. «Tendría que haber aparecido antes», reprocha a su destino. «Nunca me repondría de otro fracaso», reconoce.

Piensa que tal vez no fue buena idea que compartiera su casa, verla a todas horas le impide resetearse. Creyó que si vivía en la finca con su familia se habituaría antes al mundo hípico y entendería lo enrevesado del caso. Sus hermanas, Jimena y Cayetana, la han acogido muy bien, su madre es otra cosa.

Lola no era partidaria de continuar la investigación y quería zanjar el tema con la sentencia del juez y si a eso le sumas que una detective ande fisgoneando sin crédito por tu casa pues no desborda entusiasmo, como es normal.

Diego nunca intuyó que una mujer podría invadirle de tal forma. Jamás. Si al menos pudiera alegar que ella intenta seducirlo con artimañas femeninas, pero, todo lo contrario; Aitana es natural, viste con ropa cómoda, no atusa su pelo, no se maquilla, no le lanza pullitas demoledoras. Aitana es todo lo contrario a sus exparejas, quizá por eso lo vuelva tan loco.

Cuando está en modo detective, Aitana posee una mente diferente a cualquiera. Es rápida, sagaz, más inteligente que la media. Sabe cómo sustraer información cuando entrevista sin que el entrevistado se dé cuenta. La admira.

En esta primera semana, tras su primera ronda de contactos con todos los sospechosos, Aitana afirma que algo no le encaja y que va a ampliar su búsqueda. Él a estas alturas no puede hacer más que animarla.

Capítulo 10

La mañana y la tarde transcurrieron entre llamadas con Maribel para que me explicara asuntos varios de la heladería, llamadas con el editor para concretar plazos, más llamadas que tenía Alex pendientes de varios periodistas, y premios, y responder WhatsApp de la pesada de mi hermana.

He quedado con Maribel para cenar mientras resuelve alguna de mis dudas. Ella pasará a buscarme. Así que después de un baño en la piscina, asegurándome de que Alex no andaba al acecho, me he arreglado con una faldita de gasa con vuelo de Hug & Clau, una camiseta de espalda deportiva y una levita del color de la falda por si refresca. Sin rastro de mi jefe durante todo el día. Mira, mejor.

—¡Chica, qué estilo! —Me silba Maribel desde su coche.

—Gracias. —Le hago una reverencia—. Para una vez que salgo. —Si supiera que casi todo me lo compro en la misma tienda y es de lo más económica.

—¡Pues venga, vámonos de parranda!

69

Hemos cenado como dos adolescentes hambrientas y charlado más que dos cotorras. Maribel es audaz, chisposa, resuelta y práctica. Parece de las personas que no se complican la existencia (como yo) y va al grano. He de reconocer que de la heladería hemos hablado muy poco. Preferimos temas como el último disco de Bebe, mi obsesión por la cosmética, lugares donde comprar ropa por aquí, exnovios y él: Alex.

Sabía yo que Maribel conocía muy bien a mi jefe y no me ha costado sonsacarle información. Sobre todo repetía que es muy buen tío, aunque le hayan pasado cosas terribles que no ha querido desvelar. Cuando le he preguntado por el tema disfraz de zarrapastroso cuando sale a la calle, que empiezo a estimar que es su único problema psicológico, su enigmática respuesta me ha dejado más que intrigada:

—¿No lo sabes? —Con los ojos como lunas llenas—. ¡Debe de estar encantado! Pues lo siento, Paula, pero no seré yo quien te lo desvele.

Yo sí que le he contado lo del episodio entre mis sábanas toda compungida y a ella hasta se le caían las lágrimas de la risa. Normal, a mí me sucedería igual.

Nos hemos tomado una copa rápida en una terraza del puerto y muy a nuestro pesar, hemos optado por recogernos, que mañana hay que trabajar. Cuando me ha dejado frente a la puerta de la casa de Alex, se ha despedido diciéndome:

—Paula, cuídalo. Es muy buena persona. Todas las dudas que tengas pregúntaselas a él porque si algo destaca en Alex es su sinceridad.

—¡Buenas noches, fugitiva! —Me asomo a la terraza. Alex está sentado en el porche como ayer, con su ordenador, su copa de vino y un paquete de tabaco. Ha debido de sentirme llegar—. Pensaba que me habías abandonado.

—A esto. —Le indico con mis dedos pulgar e índice casi rozándose—. He salido con Maribel.

—¡Muy buena compañía! Ya lo sabía, ella me lo dijo. ¿Lo has pasado bien?

—Sí, papá —bromeo—. ¿Y tú? ¿Dónde has estado?

—Documentándome, mamá —me la devuelve sumándole un guiño.

—No bebas mucho, que luego pasa lo que pasa y no pienso cerrar la puerta.

—De las pocas cosas que tengo claras de ti es que eres masoquista.

—Mira qué bien, yo tengo pocas cosas claras sobre ti.

—¿De verdad? —me pregunta asombrado—. Pero si soy un libro abierto.

—Escrito en chino, ¡venga ya!

—Quizá es que te faltan datos para descifrarme, pero seguro que pronto los obtienes.

—¿Y por qué no me los das tú y nos dejamos de enrevesamientos?

—Porque lo prefiero así, hasta que dure.

—¡Mucho más claro! ¡Me lo has dejado claro como el agua! —Me caliento.

—Schsss, no tardarás, ya lo verás. Y la magia se evaporará.

Como veo que esta conversación no conduce a nada más que a irritarme:

—Me voy a dormir, buenas noches.

—Descansa, Paula. ¡Ah! Se me olvidaba decirte que estás muy guapa. Me gusta tu estilo.

¡Arrrjjj! ¡Dios mío, dame paciencia!

—Más que a mí el tuyo de salir a la calle. Con el de casa, sin embargo, mejoras cantidad. ¡Buenas noches!

Yo creo que este chico no está loco, lo que sí, es que vuelve locos a los demás. No puede pedirme que no me enamore de él y luego decirme que estoy muy guapa o que lo pongo en bikini. No, porque ahora yo no paro de pensar en su sonrisa cuando me lo ha dicho, en su aroma, en su manera de besar mi cuello anoche y en que mañana intentaré bajar a la piscina para coincidir con él.

Me arreglo para dormir mucho más que de costumbre, hasta me perfumo. Que sí, que me gusta, que no voy a decir que no cuando el pensamiento que más se repite en mi cabeza es él. Y solo de pensar que hoy puede visitarme de nuevo… cosquillas, un océano de cosquillas.

No estoy soñando. Al principio creí que sí, pero no. Alex acaba de entrar de nuevo en mi cama en el mismo estado que ayer, pero más hablador, aunque no se le entiendan ni las pausas. Esta vez no me abraza tan fuerte y me ha permitido darme la vuelta para susurrarle a la cara.

—Tranquilo, Alex, estás soñando —susurro.

Cuando hablo parece que calla y no tiembla. En un gesto protector llevo mis manos a su cabeza y le beso la frente mientras continúo hablándole. Él comienza a olerme por debajo del cuello y sube con su nariz hacia mi mandíbula, mi pelo y mi boca, que cierro inmediatamente del susto.

—Mmm —exterioriza e inmediatamente después me tumba con su tórax sobre mí y estaciona en mi boca tan fuerte que su barba me pincha. No me importa. Llevo deseando esto casi desde que lo vi. Sus labios se abren buscando los míos y yo creo desfallecer cuando lo hago y nuestras lenguas, la suya dormida y la mía más consciente que nunca, se encuentran. Soy capaz de sentir un universo tal de sensaciones que podría morirme ahora mismo. Siento ardor, morbo, aceleración, cariño, ternura y paz, mucha paz, porque por fin se acabó la agonía y estoy en calma.

¡Cómo puede besar tan bien en ese estado! Su boca ahora viaja por mi rostro y desciende hacia mi cuello.

—Mmm, Aitana...

¡Lo he entendido perfectamente! ¡Ha dicho Aitana! Lo separo de mí con la fuerza de mis brazos.

¡Qué ilusa! ¡Cómo iba a estar pensando en mí! Me obligo a no llorar y me doy la vuelta. Alex me abraza como ayer y se queda profundamente dormido. Yo no. No puedo.

La luz que entra por la terraza me despierta. He debido de dormir profundo… Los recuerdos de la noche abren mis ojos. Me incorporo del susto y advierto que no estoy sola.

—¡Buenos días, Paula!

Giro muy despacio mi cabeza y me encuentro con él. Con su mirada, su barba, su pelo, sus mejillas, su mandíbula sonriente. Con Alex.

—¿Qué? ¿Qué? —farfullo.

—Te dije que cerraras la puerta. —Eleva sus cejas.

—¿Por qué no te has ido?

—¿Sinceramente? Porque estaba tan a gusto y tú parecías igual. Sé que es raro, pero piénsalo así, para estar yendo y viniendo pues ya me quedo, ¿no? —Sonríe y lleva su mano a mi cabeza para despeinarme.

—¡Ah! ¡Pues muy bien! —Le retiro la mano— ¿Te dejo cajones para tu ropa? ¿El cepillo de dientes? —Uso el sarcasmo para no entrar en cólera.

—Vale, vale… me acabo de despertar, Paula. Lo de ser sonámbulo funciona así. Hay veces que vuelvo a mi cama y otras que amanezco en cualquier sitio. El de hoy, por cierto, es de los mejores. —Guiño seductor en toda regla. Debería apuntarlos para cuando luego me diga que no me enamore de él.

—¿Y por qué no dejas de beber? Quizá eso evite tus excursiones —le pregunto mientras ahueco mi almohada para apoyar mi espalda en ella e incorporarme un poco.

—Bueno, es que una copa de vino me espabila la mente. —Alex imita mi postura, pero se ladea apoyando su codo para poder mirarme.

—Si solo fuera una...

—La segunda y la tercera me inspiran y ya con las siguientes me entra el sueño. Tengo problemas para descansar.

—Existen otros métodos más saludables, Alex. No hace falta que te emborraches todas las noches.

—Con tres copas de vino no estoy borracho; amodorrado sí, pero a ver, psicóloga, ¿qué me recetas?

—Yo no receto —salto contrariada. Me molesta que la gente lo quiera arreglar todo con pastillas.

—Ja, ja, ja. Lo sé, mi madre es psicóloga.

—¿De verdad? ¿Por qué no me lo has dicho?

—Te lo acabo de decir ahora. Oye, ¿dije algo en sueños?

«Aitana, Aitana». Se me tuerce el gesto.

—¡Uy! ¡Vaya cara has puesto! ¿Qué dije?

—Llamabas a alguien.

—¿A quién? —Me atiende interrogante.

—Creo que decías Aitana.

—¡Aitana! —Una estruendosa risa se apodera de la habitación. Es la suya, la mía ni asoma por aquí.

—¿Quién es Aitana? —le pregunto en un amago curioso *vs.* celoso.

—Perdona, Paula. No me apetece hablarte de ella, todavía no. —A pesar de la negativa en su gesto, no vislumbro más que diversión.

—Pues creo que deberías. Si vamos a compartir cama los tres, deberías.

—No te pongas celosa. Tiene una explicación.

—No me pongo celosa. —¿He respondido con este topicazo? Si me viera mi hermana me pegaba tal cantidad de collejas que se me despegaba el tronco cerebral.

—Sí, sí te pones y no pasa nada. Yo también lo haría.

—Tú eres tú... —Habla mi dignidad.

—Paula —me interrumpe—, no demos un paso atrás. Ya hemos reconocido, ambos, que entre nosotros hay atracción. Si te escuchara llamar a otro en sueños no me haría gracia... Por cierto, ¿hay alguien en tu vida?

—¿Tú crees que si hubiera alguien estaría aquí?

Alex esta vez me mira más serio de lo habitual, como pensándose lo siguiente que va a decir.

—En mi vida hace tiempo que no hay nadie, nadie que se quede. Mi última experiencia tuvo un muy mal final y me hizo prometerme que nunca más. —Solo escucho sinceridad—. Bueno, cambiemos de tema, ¿qué vas a hacer hoy?

—¿Hoy? Pues trabajar y buscarme un grupo de meditación para aprender a llevar tus cambios de tema —añado sarcástica—. Además, tengo que comentarte unas fechas de entrega, entrevistas, tu editor me pidió que...

—Vale, vale... necesito un café para eso. ¿Desayunamos en el patio? —Sus ávidos ojos de un «sí», me hacen sonreír.

—Perfecto.

Capítulo 11

Llevo tres días y parece que fuera un mes. He acumulado más momentos intensos que en un año de mi vida normal. Me alegro de haber venido, aunque no sé cómo acabará, pero mucho me temo que mal.

¿Por qué?

Porque ya no es que me atraiga Alex, no, es más que eso, mucho más. Cuando estoy con él toda yo crezco. Mi ingenio, mis ganas de escucharlo, mis sensaciones, cualquier cosa resulta más placentera junto a él. Me alegra por dentro. Mi corazón sonríe. Mis ojos le aplauden.

Hemos pasado todo el día juntos. Continuamos el despertar con un extenso desayuno donde le puse al día de su agenda y le expliqué que había usado la aplicación Nozbe para que estuviéramos conectados y lo que yo escribiera le saliera inmediatamente a él en su calendario en el móvil. Los he sincronizado para que resulte más sencillo. Alex alucinó con mi faceta friki informática y me agradeció el trabajo con una excelente comida y una siesta en la piscina, cada uno en su tumbona, bajo el sol.

Por la tarde seguimos hablando de sus negocios y no sé cómo acabamos leyendo fragmentos de sus libros. Los que más me habían gustado a mí y a él. Me agradó descubrir que algunas escenas coincidían y disfruté como una chiquita de sus explicaciones sobre los personajes, y sus momentos vividos. Poder conversar con uno de tus escritores favoritos no tiene precio.

Y después me dijo que me arreglara porque ya era hora de invitarme a cenar. Y lo hice. ¡Vaya si lo hice! Top blanco de gasa escotado, con flecos por delante y espalda transparente por detrás. Pantalón vaquero pitillo, sandalias de Aldo con taconazo y blazer negro.

¿Y él? ¿Fue hortera? ¿O estiloso?

Ni una cosa ni otra. Fue perfecto. Con traje y corbata negra combinado con camisa blanca. Guapo hasta gritarlo a los cuatro vientos. Tan guapo que cuando me dio la mano al salir del coche, creí crecer cincuenta centímetros. Tan espectacularmente guapo que al entrar en el restaurante Zaranda (con una estrellita Michelin) todas las miradas sucumbieron ante él. Tan arrasador que mi estómago se encogía cada vez que me percataba de que estaba cenando junto a él.

Cenamos en un reservado donde los manjares llegaban de uno en uno. Comentándolos, compartiéndolos, disfrutando de otro tipo de cena los minutos se precipitaron en la noche. Pasmada me quedé cuando al finalizar, el chef, Fernando Pérez Arellano, salió a hablar con nosotros y capté la amistad que los unía. Un detalle que aplaudieron mis hormonas revolucionadas es que Alex me presentó como su secretaria y una amiga muy especial. Mientras que ellos charlaban sobre sendos negocios, yo me perdí en una cajita de chocolates a la que nos invitó Fernando y que eran cada uno más sorprendente.

Tomamos un *gin-tonic* en un patio del restaurante cuando ya no quedaba nadie y no pude evitar bromear con que esta noche de nuevo tendría una visita intensa, porque si el vino lo alegraba, la ginebra probablemente... Y por si las moscas, nos tomamos otro más.

Noto que a Alex puedo decirle cualquier cosa. Eso nunca me había pasado con un chico que me gusta. Excepto que no estoy aquí solo para ser su secretaria, lo demás me sale con una naturalidad excepcional. Con él me siento más graciosa, más espontánea y más guapa. Alex me mira de una forma... sus ojos me revelan que le gusto, puede sonar petulante, pero ya que estoy sincerándome como nunca, no voy a andarme con ñoñerías. De todas formas, aunque no me lo dijeran sus ojos, su boca ya se encarga. En varias ocasiones durante la cena me ha elogiado, pero mi experiencia con las personas me ha formado para preferir los hechos a las palabras, y quien protagoniza aquellos son sus actos, su mirada y sus gestos.

Al llegar a su casa... al llegar a su casa, yo bastante más borracha que él y con bastantes ganas de marcha, que sin el alcohol podía inhibir, pero que con el etanol corriendo por mi sangre resultaba imposible, me dirigí a la piscina tirando de sus manos. Cuando llegué, ¡aysss!, me da hasta vergüenza contarlo. Cuando llegué Alex se sentó en una tumbona, frente a mí, como si supiera de antemano cómo iba a actuar yo: me quité las sandalias, me quité los pantalones ante sus brillantes ojos y sus labios entreabiertos. Me desprendí del top y me quedé frente a él en tanga y sujetador (que no iban emparejados, me di cuenta tarde). Por poco tiempo; enseguida me zambullí en el agua.

Menos tardó Alex en deshacerse del traje, como si le ardiera la piel y necesitara el agua urgente. Se quitó todo en menos de diez segundos. Cuando digo todo, digo todo. Y lo miré, lo más vergonzante es que lo miré y él, a mí, cuando lo hacía.

—¡Estás loca! —dijo al sacar su cabeza del agua al bucear hacia mí—. Nos vamos a congelar.

—Siempre he soñado con bañarme por la noche en una piscina.

—Seguro que en ese sueño no vas con tu ropa interior. —Se acercó para tocarme la tira del sostén.

—Pues no he ahondado en esos detalles, mira tú. No me molesta.

—A mí sí. —Susurró dando otro paso hacia mí y bajando un poco más la tira y al hacerlo rozar mi hombro con su mano.

—¡Alex! —lo reprendí—, no te me acerques tanto que...

—Paula... ¿qué me estás haciendo?

—¿Yo? —Me señalé.

—Sí, tú. Lo estás trastrocando todo. Me había prometido que nunca más sentiría nada por una mujer y vienes tú y en tres días multiplicas cualquier sentimiento anterior. Si vieras cómo late ahora mismo mi corazón... parezco un crío.

Metí mi cabeza en el agua, quizá para refrescar mis ideas, y dije:

—Ya somos dos los confusos, Alex. Esto es diferente a cualquier cosa. Generalmente yo soy más prudente; más prudente y no me dejo llevar... pero contigo, hoy, no puedo... y lo más raro aún es que te lo cuento.

Reímos. Hasta que él y su cuerpo desnudo se acercaron un poco más y llevó sus manos a mi cara para limpiarme el rímel. Me debería haber maquillado con *waterproof*, pero cuando una sale de cena no piensa en que acabará metida en una piscina, por muy previsora que sea hay cosas que se me escapan.

—Eres lo más bonito que ha pasado por aquí. —Se señaló el pecho—. No quiero lastimarte, Paula.

—Lo sé, pero es difícil —contesté temblando.

—Intentemos ser amigos. Solo te pido que nos esforcemos. Vayamos despacio.

—Vale, Alex. No soy tan estúpida, o eso creía, como para involucrarme en algo con alguien que cree lastimar a todo el que se le acerca. Pero pónmelo algo más fácil, por favor. No te bañes desnudo, no me mires así, no me invites a cenar. No me digas que no me enamore de ti y después despliegues todo un manual de seducción.

Alex volvió a reírse nervioso y yo lo imité.

—Sé que me contradigo, pero es que me estoy volviendo loco.

Esto me preocupó.

—¿Quieres que me vaya? Quizá te haga mal.

—No, no… —Me abrazó y pegó su cuerpo al mío y su voz a mi oído—: No te vayas. Solo te pido que vayamos despacio, que seas cauta y sincera conmigo. Solo te digo que por hoy me conformaré con un beso. ¿Tú podrás?

¡¡¡Síííí!!!, jaleo todo mi ser.

Y lo besé. Fui yo la que rompió el espacio que nos separaba. Total, yo ya le había besado una vez. Lo que no esperaba es casi desmayarme de placer. Sentí tanto fuego al adentrarme en su boca que, o respiraba rápido o ardía. Jamás unos labios han provocado tal orgasmo de sensaciones dentro de mí. Lo curioso es que fue un beso lento, amoroso. Nos dio tiempo a saborearnos, a conocernos un tanto más. Después salí de la piscina y envolviéndome con una toalla le anuncié:

—Sécate y te espero en mi cama. Para dormir. Prefiero esto a que me despiertes por la noche.

—Eres un espectáculo —dijo y metió la cabeza en el agua.

Capítulo 12

Llevo todo el día entre números. La mañana ha amanecido nublada y no he salido apenas de mi buhardilla. Otra persona lo haría en dos horas, pero a mí esto de la gestión me cuesta más que quitar el precinto de un perfume, que hay quien lo hace en segundos y luego estoy yo que tardo un lustro. Como algunos *abrefácil* que estoy segura de que traen incorporados cámaras ocultas y se desternillan al ver que son como malditos rompecabezas.

Bajo a cenar. He escuchado los ladridos de Chester hace un rato, lo que significa que Alex habrá llegado y me he duchado y arreglado para verlo. Lleva todo el día fuera y lo he echado de menos. Esa es la verdad. Esta casa es muy grande para una sola.

—¡Buenosos.

Me encanta viajar en su coche, es amplio, huele fenomenal y Alex siempre escoge la mejor música para el trayecto. Ya no paramos de hablar, no hay silencios incómodos, por supuesto que sí hay silencios pero dicen más que cualquier político hablando horas.

Cuando llegamos son las diez y apenas hay clientela en la heladería. Maribel va a cerrar, los días de diario el horario es reducido. Me quedo con ella ayudándola a guardar los helados en el congelador de dentro y después nos ponemos a hacer caja mientras Alex imprime unos informes en el despacho.

—La tienda está cerrada —dice Maribel a un despistado que entra aunque ya está puesto el cartel de cerrado.

—¿Y no podrían hacer favor? ¿Pueden cambiar monedas para la máquina? —nos pregunta con acento alemán mientras se acerca a nosotras. Lo miro pero no logro verle la cara porque lleva una gorra y agacha la cabeza.

—No, lo siento estamos cerrados.

—¡Dame todo lo que tengas! —cambia el tono de voz a lo Joker cuando llega a nuestra altura.

En décimas de segundo me percato de que es un atracador y de que tiene un cuchillo enorme en las manos y nos está amenazando con él. ¡Madre santa!

Se nos escapa a ambas un grito asustado.

—¡No gritéis! Dadme todo el dinero y no haré daño a vosotras ¡Rápido! —Por la voz, aunque la esté impostando diría que no llega a los treinta años. A mí me tiembla todo y no puedo moverme. Maribel está más rápida, a poco, y busca una bolsa para meter el dinero que tenía en la caja, pero de los nervios se le cae al suelo.

—¡Maldita sea! ¡Rápido! ¡No hacer trampas! —El ladrón salta el mostrador y me coge con fuerza hacia él y cuando me quiero dar cuenta tengo un cuchillo en mi cuello amenazando con degollarme.

—Date prisa Maribel —susurro porque me da susto hablar alto por si mis cuerdas vocales vibran más de la cuenta y el arma a la vibración me corta de cuajo el cuello.

La cara de terror de mi amiga lo dice todo, no da pie con bola, van más monedas al suelo que a la bolsa de la tembladera de manos que tiene. Yo apostaría que una de cada tres va al suelo y de los billetes ni hablo, cualquiera diría que lo está haciendo aposta.

—¡Me enfado! ¡Mucho me enfado yo! —En uno de esos momentos tontos que todos tenemos se me ocurre pensar que espero que el dinero lo use para dar clases de español y conjugar mejor las frases.

—¡Suéltala ahora mismo! —escucho la voz de Alex y meto un respingo o no sé si el que lo ha metido ha sido el alemán y me lo ha contagiado por la proximidad de su cuerpo y el mío.

—¿Tú quién ser? —grita el ladrón girándonos en bloque en dirección a Alex sin alejar el cuchillo de mi cuello.

—Soy el dueño y como les hagas daño te mato.

—Yo no hacer daño, yo solo querer dinero.

—¡Pues trabaja! ¡No me jodas! —le espeta muy enfadado.

—¿Te crees que no quiero? Nadie dar trabajo a mí.

—¡Venga ya! ¡A mí no me vengas con ese cuento!

—No cuento. No tengo trabajo y pagar muchas deudas —le responde con voz desesperada.

—Baja el cuchillo y hablamos. Así no se solucionan las cosas.

En ese momento Maribel le tiende la bolsa con el dinero.

—Aquí tienes todo, vete ya —le ruega—, pero suelta a mi amiga.

El ladrón coge el dinero y por fin me veo liberada. Los tres lo dejamos salir al otro lado de la tienda con alivio. Justo cuando va a abrir la puerta, nos mira, deja la bolsa en la última mesa y se marcha diciendo:

—No puedo, perdón. Yo no soy ladrón.

Nos quedamos impactados. Yo me llevo la mano al cuello, Alex viene hacia mí y me abraza, juntos vemos como Maribel sale corriendo de la tienda.

—¡Espera, espera! —la oímos ya en la calle. Vamos a ver qué sucede.

Aunque el chaval había salido corriendo ella lo ha pillado y los vemos hablando a unos veinte metros de nosotros. Él se quita la gorra. Desde aquí veo que es rubio, comparado con Maribel muy alto, y tiene los rasgos marcados.

Justo en ese momento aparece la policía. Miro a Alex.

—Los he llamado yo… ¡Mierda! ¿Qué hago?

—No sé, Alex, me da pena.

—¡Y a mí!

Dos policías salen del coche. Una mujer y un hombre.

—¿Han avisado por un robo? —nos dice ella.

Busco a Maribel que está en la otra acera con el alemán y ambos nos miran asustados.

—Sí, pero ha sido un error —responde.

—¿Cómo? —le cuestiona ella.

—Es que estaba en el despacho y me ha parecido escuchar que alguien nos atracaba pero era la radio… discúlpenme. Soy idiota.

—¿Está seguro?

—Sí, sí, todo está bien.

Los policías echan un vistazo a la tienda sin entrar y a nosotros que sonreímos probablemente algo forzados, pero dan por cerrado el asunto y al minuto se marchan. Alex cruza la acera y va decidido a zanjar el tema. Yo no puedo moverme, han sido demasiados sustos en cinco minutos.

Se llama Herman, tiene veintiocho años y realmente estaba desesperado. Era la primera vez que hacía algo así, pero no vio otra opción.

Resulta que tiene que pagar la pensión de una hija que tuvo cuando era un adolescente y esta se ha agravado por varias facturas médicas de la niña que ahora quiere ser niño y el sistema sanitario alemán no lo cubre.

Nos ha contado que lleva en Mallorca un año, que trabaja de camarero por las noches, pero no le alcanza para pagarlo todo y su ex le está amenazando continuamente con denunciarlo. Él, realmente es pintor pero apenas vende un cuadro al mes y eso no es suficiente.

Alex le ha ofrecido trabajo por la tarde en la heladería y Herman lo ha aceptado. Será solo media jornada, pero algo ayudará. Yo cuando todavía estoy digiriendo todo, sorprendida porque Alex y Maribel sean capaces de olvidar a alguien que nos ha asaltado hace media hora, me veo yéndome a cenar con mi primer, y espero que último raptor.

Capítulo 13

Anoche conocí a su abuelo Jesús. Después de dos semanas de intenso trabajo por la promoción de una nueva novela que salió a la venta ayer, pudimos soltar el acelerador y tomarnos la tarde noche libre.

Además de todo lo evidente, el trabajo me está gustando mucho más de lo que estimaba. Me siento realizada, ¡por fin cotizo!, pero es que el empleo en sí me complace cada día más. A mí me encanta organizar, cualquier cosa, soy muy ordenada. Programar el calendario de Alex me resulta motivador. He hablado con periodistas, con agencias, con escritores, con gente que nunca pensé. Las horas en mi buhardilla no pesan ni la mitad que en la universidad y las noches son tan cortas…

Alex es un estupendo jefe. No me presiona, todo lo que hago le parece bien y las entrevistas que le desvío las contesta en el día. Aunque le han llamado de varios programas de televisión, él se niega a perder su anonimato y como máximo habla por radio. Y es para oírlo. Suena tan interesante. Lo admiro.

Nos hemos convertido en grandes amigos. Los ratos que compartimos juntos no los desaprovechamos y hablamos de música, cine, viajes… sus viajes. A él le hace mucha gracia que apenas haya salido de España, y aunque yo le intento explicar que no me hace falta y que además odio volar, él me habla y me muestra fotos de los lugares que ha visitado para empujar mi curiosidad. Nos reímos. Mucho. Tenemos un sentido del humor similar y ya empiezo a saber qué va a decir antes de que lo haga. A veces me disperso y pienso cómo he podido vivir todos estos años sin alguien como él a mi lado. Ahora me encuentro mucho más completa, como las agujas de un reloj que han encontrado la esfera perfecta para rotar y disfrutar unidas del paso del tiempo. En definitiva, me siento mucho más feliz.

Respecto a nuestra atracción... nos hemos portado muy bien. Excepto en algunos momentos. Si le tengo muy cerca me duele no tocarlo. Dolor físico intenso que me impide coger aire, todo se vuelve él y las ganas de rozarlo colapsan el resto de mis sentidos. Hasta que las yemas de mis dedos no sienten su piel no logro respirar y serenarme. He de admitir que creo que a él le sucede igual. Hace unos días mientras me enseñaba a amasar la base de una *pizza* (también estoy aprendiendo a cocinar), se me colocó detrás para mostrarme el correcto movimiento de los brazos, ¡error! Tras unos segundos de vacío en mi estómago, silencio entre los dos y calor electrificante que traspasaba la piel, oí un gruñido que decía «maldita sea, Paula» e inmediatamente después estábamos enganchados como dos hambrientos caníbales calmando a nuestros cuerpos. Supimos parar a tiempo y no pasó de varios fogosos morreos. Ese ha sido nuestro momento más ardiente, pero ha habido varios besitos castos, de los que se te escapan y cuando te quieres dar cuenta has estampado tus labios en los suyos. Pero me repito, es que es tan intenso lo que siento que, o me acerco, o me desmayo de impotencia. Es como si me picara el cuerpo cuando está cerca y él fuera el antihistamínico.

Hemos dormido juntos casi todas las noches. Abrazados para calmarnos, pero sin pasar de unir nuestras manos o dormir en modo cucharita. Como no se queda a escribir y no bebe sus copitas de tinto, no ha sufrido episodios sonámbulos ni pesadillas. He llegado a la conclusión de que es el vino el que se los acentúa. Aunque es sonámbulo desde pequeño, afirma que últimamente sus escapadas nocturnas se estaban multiplicando y que le suele suceder cuando se sumerge de nuevo en una novela y trasnocha para quedarse escribiendo.

En la cama tenemos más cuidado de no sobrepasar la línea porque se nos iría de las manos. Aunque cada vez es más difícil, lo admito. Sobre todo porque la confianza entre nosotros fluye y no nos cortamos en expresar lo que nos ronda, sobre todo él. Esta última noche, tras la visita de Jesús, cuando apagamos la luz y él me abrazaba y acaricia con una mano mi cabeza y con la otra mi abdomen, me dijo susurrando en mi oído con una voz tan caliente que evaporaría el Mediterráneo:

—Eres mi olor favorito. Se me hace la boca agua cuando te huelo, Paula. Ni imaginas lo que provocas en mí. No quiero perderte. Quédate.

Más que tentada estuve de darme la vuelta, besarlo con cariño, y decirle que nunca me voy a ir. ¿Me voy a ir? Pues depende… porque él no sabe toda mi verdad y cuando la conozca quizá se enfade. Cierto es que no la he llevado a cabo. Yo estoy trabajando por lo que me paga y no estoy ejerciendo de psicóloga, tampoco creo que lo necesite, pero de cualquier forma cuando se entere (porque se lo diré muy pronto, cuando me arme de valor), probablemente me despida por mentirosa. Pero si no fuera así, me quedaría. Trabajaría con él, escribiría mi tesis desde aquí, y a vivir que son dos días.

En la cena de ayer, junto a Jesús, un octogenario más apuesto que Robert Redford, conocí a Alex mucho más. Él, como un abuelo orgulloso, presumió de nieto ante mí y me contó varias hazañas. Entre ellos fluye el amor y la admiración. Me di cuenta de cómo la mandíbula de Alex se relajaba y sus ojos brillaban cuando hablaba con él.

Al marcharse, Jesús se me acercó para despedirse y me dijo:

—Sea lo que sea lo que le estás haciendo a mi nieto sigue con ello. Hacía tiempo que no lo veía tan bien. Gracias, bonita.

De un impulso lo abracé y escondí la humedad de mis ojos.

Continúo en la cama. Hoy es sábado y pienso vaguear. Quizá quede con Maribel. Alex ya no está aquí, se habrá ido a correr. Estiro mi mano para agarrar mi móvil. Tengo varios mensajes de mi hermana que me pregunta cómo me va y si ya me he tirado a mi jefe... Más o menos la tengo al día. Ella no entiende el porqué de ir tan despacio si los dos somos solteros y por mucho que yo le explique que Alex así lo necesita, no lo entiende.

> ¿Sigues sin tener fotos de él?

Recuerdo que anoche nos hicimos una foto los tres juntos. Busco en la galería para verla de nuevo. Los tres salimos muy bien.

> Tengo una de ayer

> ¿A qué esperas? ¡Envíamela!

> ¡Voy!

Así hago.

—¡Buenos días, dormilona! —Alex irrumpe en mi habitación con la camiseta sudada, el pelo despeinado y una sonrisa tan brillante como una puesta de sol. Trae una bandeja con el desayuno. Me estoy amarquesando.

—¡Buenos días, Jeffrey! —Lo llamo así porque parece mi mayordomo—. Me gusta este nuevo uniforme.

Alex ríe mientras deja la bandeja a mi lado en la cama y yo le hago hueco. Nos perdemos en una mirada repleta de mensajes amorosos que dura varios segundos.

—¿Te apetece conocer alguna cala secreta de Mallorca?

—Siempre y cuando no sea en avión —respondo llevándome un dónut a la boca.

—Avión, no, pero barco, sí.

—¿Barco?

—Más bien lancha. ¿Te da miedo?

—Pues no sé. Nunca he montado.

La risa de Alex se apodera del sonido de la habitación.

—Pero ¿qué has hecho con tu vida?

—Oye, que soy de interior y además tengo veinticuatro años, no cincuenta.

—Yo con tu edad ya había hecho de todo. —Me guiña un ojo.

—Se te nota. Así estás, que parece que tienes cuarenta en vez de veintisiete. —Le guiño yo también.

Arruga el ceño fingiendo malestar y yo sonrío por dentro.

—¡Venga, va! ¡Prepárate para un día de navegación! ¡Vas a ver qué bonita es mi tierra!

Capítulo XV
Nunca competirás
Alejandro Carson

No ha podido descansar. No achaca la culpa a lo que Aitana le descubrió anoche. Podría, pero no fue esa exactamente la causa por la que se desveló. La biología más bien.

Rotundamente, Aitana lo descarta; no se lo esperaba. Se mostraba convencido de que tras las entrevistas, indagaciones y vigilancias iba a señalar como culpable a Amancio Ríos. Él y su secuaz, David, administraron esa dosis letal de insulina a Kirov cuando todo el mundo en la casa descansaba. En eso ha estado creyendo todo este tiempo y ahora ella reafirma la sentencia del juez: que no hay ni móvil, ni pruebas.

Como por la tarde le había dicho que quería hablar con él, la invitó a cenar a uno de sus restaurantes favoritos. Un romántico rinconcito en Gredos, La

Parada del Arriero, donde nunca le falla un buen chuletón de Ávila. Las vistas son preciosas, pero al ser de noche se conformaron con admirar el cielo más brillante de la península. Ella contempló las estrellas; él a ella. Lucía preciosa, sexi, elegante.

La cena transcurrió entre conversaciones banales y divertidas. El chef salió a saludarlo y mientras charlaba con él, tuvo que reprimir varias carcajadas al atisbarla ingiriendo bombones a la rapidez de las campanadas. Cuando regresaron en el coche, fue cuando le expuso sus conclusiones y se quedó mudo.

Ella cree que Amancio no mató a Kirov. Ningún caballo suyo competía en las mismas categorías, por tanto, no se beneficiaba en ningún modo de la muerte y, además, cuando lo entrevistó dejó claro que se sentía muy orgulloso de haber sido él el que lo descubrió; aunque más tarde lo cambiara por una yegua. Y en referencia a Félix, su domador, tampoco tenía nada que ganar con la muerte y sí mucho que perder.

Discutieron. Se enfureció. No era esa la afirmación que necesitaba escuchar, porque si ellos no habían sido… ¿quién mató a Kirov?

Sin despedirse de ella, subió a su habitación. Él, generalmente, prefiere tomar espacio cuando se irrita porque pueden salir por su boca cientos de improperios de los que luego se arrepiente. Y ahí fue cuando se desveló. Salió a tomar aire a oscuras en su terraza y vislumbró a Aitana frente a la piscina, pensativa y… y desnudándose para bañarse. En ropa interior, con un conjunto tan sensual que le ardieron las palmas de las manos de puro anhelo de colarse en su piel cubierta. Su figura roza la perfección por su imperfección comparándolo con el estándar actual. Más peso repartido en un abdomen duro y en unos muslos firmes y musculados. Lo suyo no es un tópico, a él lo enloquecen las curvas.

La contempló nadar, como un mirón enfermo de psiquiátrico. Esa amalgama de imágenes son las que le han impedido centrarse en nada más. Ni Kirov ni su asesino ni nada. Solo ella, ella…

Capítulo 14

—No te enamores de mí —le hago burla en el coche, camino de vuelta—, pero te voy a dar un paseíto en barco, todo el día. Te voy a llevar a unas calas más paradisíacas y secretas que las del Lago Azul, me voy a sacar de la manga un buen vino y un pícnic con embutidos, sobrasada, foie y de prostre fresas.

Alex ríe mientras yo prosigo la burla-queja.

—Te voy a regalar un equipo de *snorkel* para que juntos, de la mano, buceemos para ver peces y el fondo del mar y de paso, de vez en cuando, te besaré porque, aunque no quiero que te enamores de mí, me sale del orto.

Alex levanta sus gafas para mostrarme el frunce de sus ojos por mi chabacana expresión.

—No te enamores de mí, Paula. —Sigo con lo mío—. Que te halague y piropee cada diez minutos es para que no te enamores de mí. Que te trate como nunca te ha tratado nadie, es para que no te enamores de mí y que te acaricie y toda tu piel se erice es para que no te enamores de mí.

Me callo y miro su gesto sonriente mientras conduce. Se ha quemado un poco y sus mejillas lucen sonrosadas. Las toco.

—Te tenías que haber echado más crema —le digo. Él levanta mi mano y la lleva a su pierna.

—Ya, es que estaba ocupado planeando estrategias para enamorarte.

Río.

—Paula, entiendo que esto parece un sinsentido, pero actúo así porque lo que menos deseo en el mundo es hacerte daño.

—Todavía no, pero creo que en breve tu pedal de freno me lo va a hacer, Alex.

—Me has pillado por sorpresa, Paula.

—Y tú a mí, Alex.

—Ya, pero tú no cargas con lo que yo cargo. Además, no sabes todo de mí.

—Cuéntamelo.

—No, todavía no puedo. Pero he de ser sensato. Siento algo por ti tan inusual que me arrastra a pesar de que intente trabarme. Antes de avanzar más has de saber todo sobre mí y entonces tú decidirás.

—Quiero decidir ya.

—Espera unos días, Paula. Déjame empaparme de ti, por si luego huyes…

Cala s'Almunia, Caló des Moro y Caló des Màrmol eran calas tan salvajes, con agua de tantos colores, tan románticas (aunque en este momento de mi vida hasta la típica mierda *pinchá* en un palo me lo parecería), que nos resultó imposible no dejarnos llevar y besarnos hasta que nos dolía la boca. He sentido que me fundía con él, con el calor del sol calentándonos y el regusto a salitre de su piel que me sabía exquisito. Creo que ha sido uno de los momentos más bonitos de mi vida si no fuera porque de vez en cuando una pizca de un sentimiento nuevo acechaba: el miedo. Miedo porque esto se rompa, porque esto no avance, porque él me suelte y deje de luchar. Porque descubra que yo no soy tan especial como para romper su propio pacto de no volverse a enamorar.

Yo no sé si me he enamorado, no soy buena para catalogar mis sentimientos, lo que sí estoy segura es que mucha gente jamás ha sentido nada parecido y que yo misma hasta el día de hoy lo desconocía.

Alex es muy detallista, ha preparado un picnic para tomar algo en Caló des Màrmol con vino, copas, pan, embutido, se me caía la baba. Desde el «no robo», cuando salimos no me deja ni un segundo a solas. Aunque luego todo quedó en una anécdota el susto no nos lo quita nadie. Herman lleva una semana trabajando en la heladería y Maribel está muy contenta con su trabajo, dice que tiene mucha iniciativa y que se muestra muy agradecido por no haberlo denunciado.

Llegamos a casa. Chester sale a nuestro encuentro y jugamos un rato con él. Poco después cada uno parte hacia su habitación para ducharse. Luego cenaremos juntos.

Entro en mi buhardilla, justo en ese momento un mensaje de mi móvil ilumina la pantalla y me percato de que llevo todo el día sin el teléfono y tan contenta. Eso, hace unas semanas, se me hacía imposible.

La mayoría son de mi hermana. Me ha enviado un montón de videos y fotos. Voy al principio de la conversación, donde lo dejé cuando le envié la foto de Alex, su abuelo y yo, y leo sus mensajes:

¡Ehhh!

¿Ese es Alex? ¡Qué fuerte, Paula!

¡¿Por qué no me lo habías dicho?!
¡Me lo tienes que presentar pero ya!

¡Ahhh, claro! ¡Tú no lo sabes! Ja, ja, ja

Hermanita, siento decirte que estás
colada por Alejandro Sureda, un
seductor nato, un tío que se lio con
dos delante de toda España y que ha
sido el mejor y más digno ganador
de Gran Hermano

Capítulo 15

Le he dicho a Alex que no voy a bajar a cenar, que estoy muy cansada y prefiero dormir sola esta noche. Creo que le he parecido convincente porque me ha respondido:

—Muy bien, aprovecharé para escribir. ¿No quieres que te suba algo de comida?

Y aquí estoy en mi habitación, a oscuras, con la cabeza a punto de estallar y varios pañuelos mojados en la mesita.

Me siento estúpida y en cierta manera burlada. Engañada por él. Y eso, ahora mismo, lo único que me provoca es pena que desahogo llorando. Yo ya sabía que él se escondía de la gente, que algo sucedía, lo que no imaginé era que yo había ido de la mano por Mallorca del concursante de *Gran Hermano* con más éxito de España. Odio los *realities* y, para ser más sincera, siempre he menospreciado a quienes se presentan a ellos. Me parece un dinero que más tarde o más temprano te pega en la cara porque vendes tu vida (y no hay que olvidar que solo tenemos una) a un canal de televisión al que lo único que le importa de ti es que des vídeos. No entiendo cómo alguien con dos dedos de frente se presta a ello. No entiendo cómo la gente a la que más quiero (él y mi hermana) participan de tremenda basura televisiva.

Es el chasco más grande de mi vida, no puedo describir cómo me siento sin la palabra «fraude». Alex es un fraude. Si llego a saber esto antes nunca me hubiera fijado en él, tal y como si fuera de otra especie. Puedo sonar radical y llena de prejuicios, pero desde hace muchos años detesto todo lo que tenga que ver con ese mundo. ¿Por qué? Porque creo que el carácter de una persona se forja con el esfuerzo, con el trabajo, con el estudio y no destapando tu vida de esa forma tan irreflexiva e interesada.

Mi hermana me ha estado enviando un montón de vídeos del paso de Alex por el concurso, pero no me siento con fuerzas para verlos. Sé que en el instante en el que lo vea en la pantalla, lo arrinconaré al desdén de *persona non grata* para mí. Aunque suene fatal soy muy clasista en ese sentido. Admiro a quien se esfuerza e ignoro a quien, desde mi punto de vista, opta por la vida fácil. Nunca podría compartir mi vida con alguien al que no admiro.

> **¿Ya has visto los videos?**

Me escribe.

> **No. He llegado hace un rato y estoy intentado asimilarlo.**

> **No te rayes, Paula, que te conozco.**

> **Tarde. Voy por el segundo paquete de clínex.**

> **¿Pero, por qué? ¿Estás tonta?**

Efectivamente, has dado en el clavo, así es como me siento, tonta del culo.

Pues no has de sentir eso. Tú no ves GH, por tanto, no lo conocías. Para tu información es un tío increíble. Eres una suertuda.

Eso ya lo he visto con mis propios ojos, lo que no me agrada es que el resto de España también lo sepa.

No es para tanto, Paula. ¿Por qué no ves los vídeos? Seguro que si los vieras te enamorarías más.

¿Pero no me has dicho que se lio con dos? ¡Venga, hombre! ¿Crees que me va a gustar estar con alguien del que todo el país sabe cómo se lo monta!

Paula, hazme caso. Si ganó con un 98 por ciento GH fue por algo. Es un espectáculo de tío.

¿Le sucedió algo muy desastroso durante el concurso con alguna? Porque él siempre hace referencia a que lo ha pasado muy mal con alguien

Mi hermana tarda en contestarme. Después me llega un mensaje más largo:

> Del concurso salió con una chica, pero creo que lo dejaron. Alejandro desapareció al año de ganar y no se ha vuelto a saber nada de él. Es algo con lo que suelen bromear en los debates. Creo recordar que decían que le había superado la fama, que le habían donado una herencia y no sé qué más cosas. Tendría que buscarlo. Mira, convives con un perfecto sujeto para tu tesis

Me pregunto si será ella la chica que le rompió el corazón…

> Gracias Susana. Voy a intentar dormir. Mañana te llamo.

> Vale, Paula. No seas tan intransigente. Dale una oportunidad. Echa un vistazo a los vídeos

No pienso hacerlo.

Nunca me he considerado una persona curiosa. Por eso se podía sostener nuestra relación. A mí no me importaba que él no quisiese contarme sus secretos, claro que nunca imaginé que empezaran por esto. Una de mis teorías era que huía de algún lector loco, otra que se escondía de la gente para pasar desapercibido y poder analizarlos para crear personajes para sus libros. Nunca que había sido concursante de *Gran Hermano*. El caso es que ahora que tengo a un clic la llave que pueda abrir mi análisis sobre él, por lo que realmente me contrataron, me cuesta desdeñarlo.

Son las dos de la madrugada, desde las ocho llevo dándole vueltas al asunto. He atravesado varias etapas: primero la de sentirme estafada, después pena, esta se transformó en rabia hasta hace media hora que parece que la curiosidad le está venciendo el terreno a todo. En esta encrucijada me encuentro: ¿ver o no ver los vídeos y conocer de una vez a Alex? Si lo hago siento que invadiré su intimidad; intimidad que él vendió por cuatro perras, pero también podré averiguar qué le sucedió... pero no, no quiero... ¿o sí?

¡Vale ya, Paula! ¡Dale al maldito vídeo y termina ya con esto!

Temblando, literalmente temblando, le doy al enlace del primer vídeo y me encuentro con Alex, sin barba, y bastante más joven, entrando en una casa ultramegamoderna con más colores que Chueca el día del orgullo gay. Me hace gracia cómo se presenta, se le nota bastante nervioso. En total cuento doce personas: seis chicas, cinco chicos y otr@ que no sé muy bien si es XX, XY, ¿llamémoslo X? Alex ha sido el último en entrar y ahora cuelgan su video de presentación.

«¡Hola, me llamo Alejandro Sureda, tengo veintitrés años, soy de Mallorca y me declaro un buscavidas!». Lo veo haciendo surf, muestran fotos suyas de multitud de viajes, después montando a caballo, patinando, escalando. No está mal el reportaje.

«Quiero entrar en *GH* porque estoy seguro de que va a ser una gran experiencia. Actualmente no tengo novia y no busco ninguna relación. Soy más bien golfo». Reconozco su guiño habitual y me enternezco. Es Alex...

«Mi pretensión es divertirme, hacer colegas y ligar todo lo que se pueda. ¡*Gran Hermano*, allá voy!».

Esto no me sirve, es muy poco. Clico en el siguiente enlace. De primeras veo que no lleva la misma ropa, por lo que entiendo que han pasado unos días. Están en una fiesta, todos con copas en la mano y él charla con una morena espectacularmente guapa. Se les ve un poco borrachos y muy cerca. La conversación no se entiende, pero les han puesto subtítulos. Alucino.

Ella: «Desde el primer momento me pareciste el más guapo».

Alex: «¿De verdad? Tú a mí también».

¡Qué simplón!

Ella: «Y cuando dijiste que no tenías novia me alegré un montón. Es que eres un tío muy especial».

¡Uuuh!, se me escapa un grito. La tipa no se anda con rodeos, he aquí un ejemplo de hembra atacando al macho sin miramientos (por su parte, no hay que olvidar que comparte la casa con cientos de cámaras que sí miran). Le acaba de bajar la cremallera de una sudadera y tirado de él hacia ella.

Alex: «¿Quieres esto, Rebeca?».

Sitúa una mano en su pecho para marcar distancia.

Alex: «Es un poco pronto, ¿no crees?».

Rebeca: «No, no lo es. Me molas. Estoy en *GH* y hay que vivir el momento. ¿Yo te gusto?».

Con una voz tan seductora que hasta me da la risa.

Alex: «Ahora mismo sí, pero no quiero tener una relación. Te lo advierto».

Rebeca: «Ni yo».

¡Toma ya! ¡Beso de película!... porno. ¡Qué tía! ¡Por favor se le va a merendar! ¿Ehhh? ¿Qué hace? ¿Le está chupando la oreja delante de toda España? ¡Arjjj! Paro el vídeo.

Me acomodo y coloco mi almohada en el cabecero de mi cama para reposar mi espalda. La noche promete ser una larga velada de investigación. ¿Quién me iba a decir a mí?

Capítulo XXI
Nunca competirás
Alejandro Carson

—¿Vas a rendirte? —La indignación lidera la pregunta.

—Diego, es obvio que no te gusta lo que te digo y si no te complace mi trabajo es mejor dejarlo aquí. —Aitana lo mira impasible desde el otro lado de la mesa del despacho.

—No quiero que te vayas. Perdona si en algún momento te he hablado mal.

—No es eso.

—¿Entonces?

—No me crees. Te he dicho por activa y por pasiva que no apuesto por que fueran ellos, que no tenían razones para asesinar a Kirov y tú sigues instándome a que investigue esa línea y te prometo que no hay nada más que buscar. Ellos no fueron.

—¿Y por qué su señal de móvil dice que estuvieron por esta zona a la hora en la que se supone que mataron a Kirov?

—Te lo he dicho mil veces, Diego. —Resopla en señal de cansancio—. Amancio y al que tú llamas su secuaz, David, estuvieron en un club después de la cena en tu casa.

—¿Y nos vamos a creer lo del club? ¡Venga, hombre! ¿Y por qué Félix llamó a Amancio a las ocho de la mañana del día que apareció muerto Kirov? ¿Quién llama a esas horas?

—Tu domador admite que lo llamó para contárselo. Ellos son amigos y este le había relatado el chasco que se había llevado contigo por no darle nada de dinero por la venta… ¿Quién te envió el *mail* mostrándote el ingreso en la cuenta de Félix para que supieras de sus tejemanejes en la venta del caballo? Ahí es donde está la clave, Diego.

—¿Lo sabes?

—Sí, pero por eso me voy. No te va a gustar.

—Dímelo, Aitana.

—Te lo digo y me marcho.

—Me lo dices y continúas con la investigación. Aitana… no te vayas. Disculpa mis malas formas. Esto me sobrepasa. —Se levanta directo hacia ella. Aitana se incorpora y lo recoge en sus brazos.

Permanecen un tiempo así. Juntos. Abrazados. Cuando sus cuerpos entran en contacto, su energía lo traspasa y Diego se recompone. Deja de sentirse mal y solo piensa en besarla, en probarse, en imaginar lo que podrían hacerse disfrutar.

Y, aunque teme enamorarse de ella, va hacia su boca. Con los ojos abiertos de expectativas y de atracción por encima de todo, tan cerca que siente su humedad. Ella se aparta.

—Diego, no… espera.

—Perdona. —Recula avergonzado dando varios pasos atrás.

—No, no es eso. Creo que sabes que me importas y que siento por ti mucho más de lo que debería, Diego. Pero he de ser profesional y no quiero mezclar. Cuando todo acabe, si todavía lo deseas, me tendrás de todas las formas que quieras. Si algo anhelo desde que te conocí es que me toques entera.

Apuesta que no podrá resolver esa excitación súbita que ha provocado su última frase ni con mil duchas frías.

—Podríamos compaginarlo, Aitana…

—No, Diego, no. Ya lo verás cuando te diga…

—¿Quién me envió el *mail*? —se sofoca.

—Lo hizo tu hermana pequeña. El *mail* lo envió Jimena.

Capítulo 16

Esa noche me costó despegarme del móvil, lo penoso es que durante el resto de la semana también. A cada rato que tenía me escondía de Alex y veía otro vídeo. De pronto me he convertido en una seudoadicta a *GH*. Soy consciente, no soy yo de negar las evidencias, pero prometo que lo comencé a ver por el cariño que había cogido a Alex y para intentar averiguar qué le martirizaba, y resulta que me ha sorprendido la trama. Como si de un guion se tratase no han dejado de suceder episodios de todos los tipos: cómicos, románticos, dramáticos. Va a ser verdad que la realidad supera la ficción.

Alex y Beca comenzaron una relación bajo el edredón. Tuve a bien saltarme las escenas incómodas protagonizadas por ellos, porque, aunque se le ve mucho más joven y en la pantalla no lo reconozco como Alex, mi amigo y jefe, es él y escuece. En *Gran Hermano* existe la posibilidad de pedir una hora sin cámaras para retozar sin reparos (y para que a las familias de los concursantes no les dé un colapso), y ellos dos la pidieron y la disfrutaron. Desde el primer momento ella no me gustó, y no eran celos, mi ojo clínico enseguida captó la esencia de Beca (la trepa). Resulta que ella los primeros días desprendía un carácter alegre, simpático, demasiado alocado en ocasiones, pero dentro de la normalidad; pero al amarrar a Alex, el guapo del lugar, se creció, se autoproclamó «reina de la casa» (un trastorno muy común cuando alguien baila con el más guapo) y comenzó a meter caña a todas las féminas. En concreto a una de ellas, para mi gusto la más guapa, Adriana, una estudiante de veterinaria, dulce, tranquila, pero que al principio por discreta pasó desapercibida.

Alex, que pronto advirtió que diez minutos con Adriana le aportaban más que diez años de charla con Beca, inconscientemente buscaba a aquella por la casa o era su elegida para compartir las pruebas. Y claro, Beca, que no sabría decir el nombre del presidente del Gobierno, pero de relaciones, hombres y cuernos andaba más que lustra, se olió el percal antes incluso que el propio Alex y puso todo su afán en desprestigiar a la linda Adriana.

Me gusta lo que he visto de Alex, lo reconozco. Un tío divertido, sano, interesante, facilitador, resolutivo y nada conflictivo. Aunque me he tenido que digerir verlo besarse con semejante cliché de mujer, estos vídeos no me han alejado de él tanto como apostaba.

¿Por qué? Porque supo salir del atolladero con un aplomo que ni James Bond y dejó a Beca, de la que se hartó de oír sus mofas y escarnios sobre todos los habitantes de la casa.

Mi opinión... la figura de Alex en la casa era la de liderazgo, probablemente por su sentido común y su buen juicio (excepto con la elección de Beca) y todos respiraron y comenzaron a nominar a la mujer cliché para que se fuera por donde había entrado.

Sin embargo, él no la nominó: todo lo contrario; a pesar de estar harto de sus frivolidades, la intentaba llevar por el buen camino para que conectase con el sano ambiente de la casa. Algo que me imagino que desde fuera se tuvo que valorar. No es fácil cortar con alguien con tanto estilo y buen fondo.

Los verdaderos amigos de Alex eran Adriana y Luismi, un chico muy majete, bastante normal y un poco tímido, pero que en las distancias cortas bromeaba con gracia. Luismi estaba enamorado hasta el tuétano y si me estrujas, un poco más, de Adriana.

Tras varios numeritos espeluznantes de Beca que me han hecho pensar qué nivel tiene nuestra generación, Alex finiquitó del todo cualquier relación con Beca, con una charla de lo más caballerosa para con semejante huracán de persona. Pero, ¡ay, amigo! No le resultó nada fácil, ella insistió y yo casi me muero de vergüenza ajena al ver que una noche se metió en su cama, lo pilló profundamente dormido, se desvistió delante de todas las cámaras y le comenzó a masturbar. Alex, con los ojos cerrados (conociendo su sonambulismo entiendo que estaba dormido), se excitó tanto que acabaron teniendo sexo sin edredón, con el resto de compañeros en la habitación que huyeron despavoridos.

Al día siguiente él no recordó nada, pero todos se lo hicieron saber. Sobre todo Beca, que se sintió de nuevo su novia (¡asco de tipa!). El caso es que transcurrieron los días y el sentimiento de culpabilidad de Alex se fue mermando al escuchar las burlas que ella hacía de Adriana y del resto de participantes de la casa a los que llamaba horteras, cutres, feos... (esta chica ha debido de tener una infancia sin cariño). Y entonces él la volvió a dejar (por vigésimo quinta vez. Estoy resumiendo creo que cuatro meses, pero las calabazas eran diarias). Ese momento lo vi ayer por la noche y aplaudí de la emoción (y eso que eran las cinco de la mañana), porque esta vez Alex habló más tajante que nunca:

«No quiero estar contigo, Beca. No me busques. No te metas en mi cama. Soy sonámbulo y puede pasar lo del otro día; y tenemos familia».

«Pero yo te quiero, Alex».

«Tú eres incapaz de querer a nadie. Si me quisieras no te meterías con mis amigos y no lo soporto más. No me gusta cómo eres. A ti te encanta enredar, malmeter, burlarte, y a mí me aburres tanto...».

Y así finiquitó la historia y hasta lo que he seguido viendo no se han vuelto a hablar. Claro, que desde ayer no he podido parar porque comenzó el romance que tenía que haber sido desde el principio, el de Adriana y Alex (y no me molesta admitirlo porque... bueno sí me molesta, pero es obvio que ya no está con ella). Un triángulo amoroso de lo más sano. Luismi loco por Adriana, está loca por Alex y él, por ella; pero a sabiendas de que su relación dañaría a Luismi se frenaron. Hasta que Luismi salió de la casa expulsado y les rogó que hicieran lo que les saliera del corazón.

A pesar de las miradas que arrasarían la Antártida, de la inmensa atracción que traspasaba la pantalla, Alex y Adriana no se enredaron, o por lo menos ante las cámaras, por respeto a Luismi y a Beca (aunque esta no lo merezca, según mi opinión) y llegaron a la final los tres. Momento en el que estoy ahora, que llevo desde las seis de la mañana desvelada viéndolo. Alex esta noche no se ha quedado a dormir ni me ha asaltado su primo el sonámbulo y mi subconsciente enganchado a *GH* me ha despertado.

Siento que Alex golpea en la puerta. Dejo el móvil en la mesilla y me hago la recién despertada.

Alex entra y a mí me da un vuelco el estómago.

—Hola, preciosa. ¿Has descansado bien?

—Bueno, no muy bien —le respondo a punto de morir de la taquicardia porque casi me pilla.

—No tienes buena cara —dice al descorrer la cortina—. ¿Quieres que te traiga algo?

—No gracias, Alejan... Alex. —De tanto oír llamarlo Alejandro casi se me escapa.

Alex me mira con cara de sospecha durante unos segundos. Yo sonrío. Lo que puedo. Aunque estos días he intentado disimular, en varias ocasiones me ha preguntado si tenía algo que contarle y me ha reconocido que me notaba rara.

—Iba a decirte que si te venías conmigo a una cuadra, estoy escribiendo una novela sobre el mundo de las carreras de caballos y necesito unos datos, pero ya veo que estás cansada.

—Sí, un poco.

Alex viene hacia mí y sin esperármelo me besa en la boca tan natural que le respondo y me crezco acariciándole el pelo y ronroneando de placer.

—Intentaré estar para la cena. Me gustaría dormir contigo, visto lo visto, ya no sabemos dormir separados.

—Sí —río un poco falsa.

—Te echaré de menos, Paula.

Alex se va. Me espero a que suene la puerta, oigo cómo arranca el coche y busco mi móvil para dar al siguiente vídeo:

«El ganador de *Gran Hermano* es Alejandro Sureda». Él llora, Beca llora, Adriana llora y yo, un poco.

Capítulo 17

Mi hermana Susana ejerce de verdadera psicóloga conmigo. Dato curioso cuando es la persona más irracional y descuidada que conozco. A sí misma… casi se maltrata: fuma, bebe, come grasas trans siete días a la semana, apenas duerme; pero, sin embargo, cuando se trata de mí, me recomienda todo lo contrario a lo que hace ella. Contrariedad que le expongo en estas situaciones y a la que ella me responde con que tenemos diferentes maneras de buscar la felicidad, pero que no dude ni por un segundo que ella lo es. Y no, no lo dudo. Susana es feliz en su caos. Yo no lo era tanto en mi orden.

Hemos estado hablando gran parte del día sobre Alex y su paso por la casa de *GH*. Susana me ha vuelto a contar que durante un tiempo Alex salió en la tele y cree que hizo bolos en discotecas junto a Adriana, pero que desde hace tres años no se sabe nada de él. Igual que de ella.

Me pregunto si el nombre que oí esa noche en sus sueños fue Adriana y no Aitana…

Es tarde. Alex no ha regresado, pero yo tengo apetito, así que bajo para prepararme algo rápido. La verdad es que me sofoco de pensar en cruzarme con él. No puedo controlarlo. Ha pasado a ser un friki-famoso.

—¡Quita las manos de ahí! —me asusta Alex cuando estaba buscando en la nevera pan de sándwich. No lo he oído llegar—. Ya preparo algo yo. Espera.

—Alex, antes de ti, comía, ¿sabes? Sé cocinar —le digo sin darme la vuelta con un tono que intento que suene irritado para que esconda lo que de verdad siento: vergüenza.

—No lo dudo, Paula, pero a mí me gusta cocinar y si hay alguien en mi casa, mejor. —Oigo sus pasos acercándose a mí. Me giro y lo veo. Lleva un vaquero claro y una camiseta negra y está para comérselo y dejarse de cenas.

¿Qué me pasa con este chico? Parece que me hubiera convertido en coneja. Es verlo y querer acostarme con él. A pesar de todo, a pesar de haberlo visto en un *reality*, a pesar de ser el estandarte de mis prejuicios, es olerlo y derretirme. En la vida me había sucedido algo así. Muchos tíos me han gustado, pero no pensaba en «cama» nada más cruzarme con ellos. Al contrario que con Alex, que ni se me ocurre hacer otra cosa.

—¡Hola, bonita! —Me da un beso casto en la frente. Yo estiro mis brazos para rodearlo y poder disfrutar de su aroma y conectar con el Alex que conozco, porque eso es lo que deseo: olvidarme de su pasado y deleitarme con la persona que es ahora. Un escritor divertido, listo, educado, romántico, paciente y muy muy guapo.

—¿Qué tal el día? ¿Has averiguado mucho? —le pregunto mientras sirvo unas copas de vino y lo observo cocinar.

—Sí, me ha cundido bastante.

—¿De qué va la nueva novela?

—No me gusta hablar de lo que escribo hasta que no lo termino.

—Ni siquiera conmigo… —Le pongo morritos.

Alex ríe y se acerca para coger su copa y besarme en la mejilla.

—Es sobre el asesinato de un caballo.

—¡Ahhh! —Creo que se me ha notado el chasco.

—Es muy interesante. Ya lo leerás. Además, hay mucho de ti.

—¿Ehh? —le pregunto conmocionada.

—Sí, hay mucho de esto. —Dibuja en el aire una línea ente él y yo.

—¿Entre la yegua y el caballo? —bromeo.

Alex después de reírse gesticula que no me va a desvelar nada más.

Tras un rato de charla intrascendente la cena está preparada y salimos a cenar a la terraza. Alex ha preparado solomillos ibéricos con salsa de cebolleta que están para tomar pan, mojar, hacer barquitos y congelarlos para Nochevieja. Hasta Chester no se ha podido resistir al olor y lleva toda la cena poniéndonos caritas para que le demos algo.

—¿Me lo vas a contar?

Levanto mi cabeza del plato y le hago gesto de que no lo entiendo.

—Paula… sé que lo sabes. Gracias por intentar disimularlo, pero no se te da bien.

—¿Qué se supone que sé? —Me echo hacia atrás apoyando mi espalda en el respaldo con fuerza.

—Sabes quién soy.

—Sí, mi jefe.

—Venga, va… vamos a ser adultos.

—Tengo veinticuatro años. No me apetece —sollozo.

El silencio se abre un hueco mientras que nuestros ojos se comunican. Alex se levanta y tira de mí con sus dos manos. Me conduce hasta el borde de la piscina. Se agacha para descalzarme y me ayuda a sentarme. Él hace lo mismo e introduce los pies en el agua. Lo imito.

—Para esta conversación no quiero tener los pies en la tierra.

Sonrío y me apoyo en su hombro, miro a la luna que en dos noches se convertirá en nueva y, mientras, dibujo formas con mis pies en el agua; probablemente para intentar disolver el nudo de mi estómago.

—¿Por qué Alex? ¿Por qué?

—Estaba en un momento de mi vida muy bueno. Había vencido a la adolescencia, una adolescencia en la que me quedé en medio de dos familias, la de mi madre por un lado y la de mi padre por otro. Pero los días grises habían pasado. Ya no los necesitaba, con mi abuelo tenía bastante, y con la vida que llevaba. Estaba sediento de experiencias y me presenté. Siento haberte defraudado.

—No digas eso —lo corrijo.

—Tú misma me lo contaste, Paula. Detestas a quien participa en esos concursos y yo lo respeto. Es algo con lo que aprendes a lidiar cuando formas parte de uno de ellos. He sido muy cobarde, debería habértelo dicho yo mismo, pero no quería perderte, no podía perder tu interés, el tuyo no.

—He visto algunos vídeos —reconozco sin mirarlo.

—¿Sí? ¿De verdad? ¡Qué horror! —Se cubre la cara.

—Estás mejor con barbita —digo seria para hacerle reír. Lo logro.

—Paula, esa etapa de mi vida ya pasó. Soy el que conoces ahora. El que se esconde de la gente porque no quiere que se lo recuerden.

—Eres este y ese, Alex. No tienes que esconderte. Hiciste muy buen concurso. Y te lo dice alguien que odia los *realities*, pero más odia tu ropa de camuflaje.

—¿Y no me odias a mí ahora?

—Yo no te puedo odiar, tonto. No me gusta, eso sí que es verdad, no me gusta nada que la persona que me está volviendo loca haya participado de tal pantomima, pero cuando te miro veo lo que eres, lo que me provocas, y se me olvida.

—A mí también se me olvida, se me olvida todo cuando estoy a tu lado. ¿Sabes qué? Contigo siento que puedo parar.

—¿Parar?

—Sí, he estado en cientos de sitios, ¡hasta en *GH*! —bromea—, he vivido mil experiencias, y nada me ha hecho más feliz que abrir la puerta de mi casa y saber que tú estás en ella. Siento que lo que buscaba era a ti.

—Alex... después de lo que acabas de decirme no me vengas con que no me enamore de ti. —Lo empujo con mi hombro.

—No lo sabes todo todavía —dice con amargura.

—Ni tú de mí. —Esta noche se ha puesto para ser sinceros y yo no me voy a la cama sin desahogarme—. Alex, tengo que decirte algo...

—Dime.

—A ver cómo te lo digo...

—Tranquila, venga, va.

—Alex quien me contrató pensaba que estabas deprimido y sabía que yo era psicóloga —le suelto a bocajarro.

Alex se gira para mirarme.

—¿Trabajas entonces de psicóloga?

—No, no te he mentido en eso. Estoy sacándome el doctorado. No he trabajado nunca. Con la beca me pagan muy poco y este trabajo me venía muy bien.

—¿Pero nunca has trabajado de secretaria o de administrativa?

—¿Yo? ¡Pero si soy una negada en mates! Cuando me dijiste que las cuentas las llevaba una gestoría casi me desmayo de la emoción.

Alex sonríe.

—¿Te he dado mucho trabajo como psicóloga?

—Como comprenderás, desde que cruzamos la línea dejé de esforzarme. Si necesitas terapia tendrás que buscarla en otro sitio. Yo no puedo.

—¿Crees que la necesito? —Me mira intensamente.

—Creo que debes afrontar quién eres, Alex. Deja de disfrazarte.

—Paula, no te puedes imaginar lo difícil que es salir a la calle y que la gente actúe como que te conoce de toda la vida, que te reproche o te aconseje… hasta me donaron una herencia, ¡por Dios!

—¿Cómo? ¿La herencia…?

—Heredé de un desconocido. Alguien al que le gusté en la casa y me donó toda su fortuna. Para volverse loco, Paula… Y así me pasó, me volví loco de vanidad.

—Para, para… —Llevo una mano a su pecho—. Antes de que sigas, quiero que sepas otra cosa.

—Dime. —Alex me mira intrigado.

—Mi tesis doctoral versa sobre los *realities*, Alex. Sobre la verdadera afectación que provocan en los concursantes años después de la fama. Te prometo que yo no sabía que tú eras tú y te aseguro que me importas más que mi tesis. No quiero que me des datos que yo pueda usar. Yo he de esforzarme en no mezclar asuntos.

¡Ya está! ¡Se lo he dicho! Estudio su gesto que ha pasado de cejas frunciditas a fruncidas a cascoporro. Me preocupo. Mantiene su silencio.

—¿Y por qué trata sobre eso?

—Por mi hermana. Ella se ha presentado a todos y sé que al final lo logrará. Yo quiero demostrarle lo perjudiciales que pueden llegar a ser.

—Paula, eso depende de la persona. Hay a gente, y te puedo dar nombres, a los que les ha ido fenomenal. No todos terminamos tan locos. Pero desde ya te digo que cuentes conmigo para tu tesis.

—¿De verdad? —Doy una patada al agua de la emoción. Él asiente—. Gracias, Alex. No usaré tu nombre, dalo por seguro.

—Perfecto. Parece una broma del destino, la Juana de Arco de los *realities* y el ganador de uno de ellos.

—¿No querías experiencias? —Le guiño un ojo.

—Eso es verdad... oye, ¿tienes algo más que confesarme?

Le digo que no radiante de felicidad por haberme desahogado.

—A mí todavía me queda la segunda parte, la que más le va a gustar a la futura doctora para su tesis, pero es que preferiría darme un baño antes con Paula, con mi Paula.

¿He dicho que estoy borracha de felicidad? Pues lo estoy y en ese estado cualquier cosa que me pidan la concedo. He abierto mi caja de Pandora y no ha habido consecuencias catastróficas y además puedo afirmar que acepto su pasado porque cuando me mira solo veo nuestro presente y prometedor futuro. Dejo que Alex se deshaga de mi vestido cómodo con botones por delante y con sus dedos roce mi piel descaradamente, tras lo que me quedo en ropa interior (que esta vez tampoco está conjuntada, parece que espero que un ángel de Victoria´s Secret me ilumine). Alex se levanta y se quita la camisa con tanta fuerza que alguna conexión en mí evoca lujuria de la buena (o de la mala). Lo de su pantalón me lo guardo para mí y cómo su cuerpo se ve con un bóxer negro también (solo añadiré que mis siete chakras se han abierto para mirar).

Me escurro, arrastrando mi trasero a la piscina, y me sorprende un agua más calentita que la última vez (¿o será que yo estoy ardiendo?). Alex se tira de cabeza y en dos brazadas lo tengo frente a mí, con su carita expectante, con sus ojos color miel preguntándome hasta dónde quiero llegar. Me subo a su cuerpo a horcajadas y lo beso. Lo beso sin miramientos, sin estereotipos, sin querer hacerlo bien. Lo beso como realmente me sale de dentro y es algo muy parecido al delirio. Me vuelvo loca saboreándolo, gimo, gime y me aplasta con sus manos apoyadas en mis glúteos hacia él.

Después de dos arrebatos más esta vez comandados por él, quedo desnuda frente a Alex. No solo mi cuerpo. En todos los sentidos desnuda. Y no quiero dejar de estarlo. Nunca.

Capítulo 18

Anoche morí y subí al cielo. Al cielo de los sentidos, de los placeres más innatos y tremendos. Me sentí la protagonista de una vida repleta de lujuria y amor y destroné a la antigua Paula llena de convencionalismos para perderme en él. En un chico que me acarició con arañazos, que me besó por dentro, que sin más pretensión que ofrecer placer me arrastró al límite de lo más recóndito de mis deseos y exploré hasta dónde resistirían mis latidos. No fue solo sexo y si lo fue, no importa, quiero repetir el resto de mi vida. Claro, que espero que la próxima vez esté despierto.

El agua de la piscina no estaba lo suficientemente caliente como para dejarnos llevar y pudimos parar a tiempo. Nos dirigimos a la habitación entre risas, besos, abrazos y caricias, pero al llegar y ver la cama, su integridad se adelantó y me pidió que no avanzáramos más, que nos habíamos prometido ir despacio. Mis nervios, que estaban secuestrados por el ardor del momento, aparecieron en ese momento y agradecí su tregua. Mejor. Poco a poco… «Será mejor solo dormir», pero lo que no me esperaba era que en la madrugada un Alex sonámbulo se fuera de la cama y me despertara. Me levanté para ir tras él y logré reconducirlo a mi habitación. Entonces sucedió. Comenzó como siempre, oliéndome, lamiéndome, besándome, pero esta vez yo invertí en sus movimientos y le regalé lo mismo que él me estaba dando.

Cuando me quise dar cuenta su boca se había arrastrado por dentro de mi pijama y estallé en un primer orgasmo de puro morbo. Algunos de sus movimientos eran fuertes, otros torpes, nada comedidos y eso me enloqueció. La situación más caliente de mi vida.

El despertar. Dos más dos... desnudos y abrazados. Alex ha tardado medio segundo en darse cuenta de que anoche hubo mucho más de lo que recordaba y como a él no puedo mentirle (ni quiero) le he confesado la verdad y aclarado que no, que no... pues eso, que no hubo penetración, pero hubo un maravilloso surtido de todo lo demás. Así que se lo he dicho. Yo. Paula la responsable y prudente.

—No quiero que esto vuelva a pasar —ha manifestado mientras se levantaba de la cama y me ofrecía un maravilloso vistazo de su trasero—. Cuando esté contigo quiero darme cuenta.

—Oye, oye. —He corrido tras él, tapándome con la sabana—. No lo estropees. Fue genial, Alex.

—¿Sí? Pues yo me lo perdí —ha dicho con tal cara de pena que me saca una sonrisa tranquilizadora.

—Estoy segura de que algún rincón de tu mente guarda lo de anoche. Disfrutaste mucho, ¿sabes?

—Ya me imagino, estando contigo no se me ocurre cómo no iba a disfrutar. ¿Y tú? ¿Disfrutaste?

—Más que tú. —Le he guiñado un ojo.

Conseguí mi objetivo: hacerle reír y atraerlo a mí.

—Dime, al menos, para mi tranquilidad, que no llamé a nadie más.

—No, Alex, estabas conmigo. Dijiste Paula en varios momentos. ¿Ya te has olvidado de Aitana? —disparo.

—Paula... si alguna vez en sueños digo Aitana, es que estoy pensando en ti. Aitana no existe. Aitana eres tú.

—No te entiendo.

—Paciencia... pronto lo comprenderás.

Capítulo XXVIII
Nunca competirás
Alejandro Carson

[...]

Se despierta con resaca, pero acurrucado entre sus brazos. Gestiona toda su energía para intentar rememorar qué paso ayer y por qué lo está intentando olvidar. Solo se recuerda entregándose a Aitana con rabia, con lágrimas en los ojos y algunas copas de más. Rememora su calidez y sus ansias por calmarlo con sus besos. Era inevitable que sucediera. Lo que hay entre ella y él es ruido, un zumbido incesante que necesita acallar o, si no, estallarían sus tímpanos. La única cura que lo logra silenciar, habitualmente la llaman sexo. Se pierde en las escenas vividas la noche anterior con Aitana y siente algo que nunca había experimentado: es ella con la que quiere acostarse el resto de su vida, ya no necesita probar más pieles, se queda con la suya y cree que le va a faltar vida para saborearla del todo. Lejos quedan sus firmes propuestas de no enamorarse nunca más. Se acurruca en su nuca y la atrae hacia sí. Ella ronronea, pero mantiene su sueño. Le da tiempo a pensar…

Como cuando alguien descorre una cortina de golpe, la claridad le golpea en toda la cara y ya recuerda por qué se desesperó de tal forma anoche.

Jimena, su hermana pequeña, le envió el *mail* que implicaba a Félix con los compradores sudamericanos. ¿Por qué? Ella no quería que vendiera a Kirov. Era el caballo con el que más victorias había acumulado como amazona. Anoche cuando se entrevistó con ella se lo volvió a echar en cara:

—Te lo pedí, Diego. Te lo pedí mil veces y tú no me hacías caso… es lo único que se me ocurrió.

Esa frase tumbó sus ganas de creer en su inocencia. Ella falsificó las cuentas de Félix, como luego reconoció, y no lo hizo sola. Eso ya se lo temía… Jimena es muy joven para tal enredo. Aitana lo sabía, pero quería que él lo escuchase con sus propios oídos. Su detective siempre va cinco pasos por delante de él y esta vez quiso que lo escuchara de boca de su hermana para que después no dudase de ella, como probablemente habría hecho.

Un latigazo en la cabeza le revuelve el estómago. Se despega del cuerpo desnudo de Aitana para incorporarse e intentar coger aire. Ha de digerir que su hermana mantiene una relación con David Lozano, el secuaz de Amancio. Un canalla que le saca diez años y que espera no volverse a cruzar en la vida.

Capítulo 19

Alex lleva tres días fuera por asuntos editoriales. Además de cumplir con mi trabajo me ha dado tiempo para sentarme a trabajar en mi tesis. Por las noches me llama y mantenemos conversaciones hasta quedarnos dormidos. Lo añoro. ¿Cómo es posible que añore tanto a alguien que apenas acabo de conocer? ¿Será amor?

El calor aprieta más estos días y estoy trabajando en la piscina, refrescándome de vez en cuando y otras veces acalorándome de recuerdos vividos en esa agua.

Anoche salí con Maribel y ya le desvelé que sabía quién era Alex. Ella solo exteriorizó buenas palabras de él, y aunque sé que se guarda algunas por discreción, me gusta que halaguen a la persona que se está convirtiendo en mi centro universal.

Después de cenar fuimos al bar donde trabaja Herman y logré normalizar mis sentimientos de miedo hacia él. Me pareció muy simpático y Maribel no pudo ocultarme que está empezando a sentir algo por él. Vi química entre ellos. No sé donde se está metiendo mi amiga y no pude callarme que anduviese con pies de plomo pero quién soy yo para dar consejos.

Me parece oír el timbre de casa. Me visto rápido con uno de los albornoces que guarda Alex en la caseta de la piscina y voy corriendo a la puerta.

—¡Hola! ¿Quién eres tú? —me pregunta una chica morena, guapa, alta y famosa.

—Buenos días. Me llamo Paula Jiménez, soy la secretaria personal de Alex. —Le tiendo una mano en plan profesional a Beca (la trepa).

Ella se levanta las gafas como si Samantha Jones tuviera delante un equipo de waterpolo y dibuja una media sonrisa.

—Voy a tener que meterme a secretaria... No se te ve nada mal. Yo soy Rebeca Ortiz.

—¿Necesitas algo? —le pregunto.

—Sí, a Alex. ¿Está?

—No.

—¡Ahh! ¡He llegado antes! —Ríe y sus carillas dentales deslumbran a la estación espacial internacional—. He quedado con él. Vengo a pasar unos días. ¿No te lo ha dicho?

—No.

—¡Este Alex! ¡Qué cabeza! Da igual, ayúdame con las maletas. —Se da la vuelta y se dirige a un descapotable azul.

Le falta un chihuahua para completar el cliché. De «ayúdame con las maletas» pasa a un «llévalas tú todas y yo mi maletín de aseo» y a «tráeme un refresco monina que hace mucho calor», a lo que yo le respondo:

—Sírvete tú, monina, que yo tengo que trabajar.

Encerrada me hallo en mi buhardilla. Tecleando en el ordenador con tanto vigor que mis yemas arden al igual que mi interior. ¡Vaya tipeja! Me he tenido que morder la lengua para no soltarle tres zascas. Escucho unos pasos en la escalera y tras ellos unos nudillos golpeando en la puerta.

—¿Se puede?

¡¡Es Alex!! Voy corriendo a abrir y cuando me quiero dar cuenta, estoy entre sus brazos besándolo. Alex me introduce en la habitación y cierra la puerta.

—Te he echado de menos, Paula. Esto comienza a ser serio. —Sonríe.

—Y yo a ti.

—La próxima te vienes conmigo. Te sedo y te monto en el avión.

—¡Vale!

Durante unos minutos sobran las palabras y abundan los besos, abrazos, miradas atentas y caricias. Hasta que él, tumbados en la cama, rompe el silencio para bromear con que alguien (una pájara) le ha hablado mal de su secretaria.

—Me da igual, Alex. No te imaginas cómo me ha tratado.

—Sí, sí que lo hago. No olvides que la conozco. Ten paciencia con ella, Paula.

—¿La has invitado a venir? ¿Os lleváis bien?

—Beca se invita sola y sí, mantenemos el contacto. Ella a veces necesita dosis de realidad y yo se la proporciono. Con Beca tienes para otra tesis, que lo sepas.

«Esa ya venía zumbada de antes», pienso.

—Ya le he especificado tu cargo para que no vuelva a incordiarte. Le he dicho que cenaremos juntos en la terraza.

—Alex, yo prefiero cenar aquí.

—Hazlo por mí, Paula, por favor. No sé cuánto se quedará, de alguna manera es mi amiga y me gustaría que os llevarais bien.

—¿Le has dicho que entre tú y yo...?

—Creo que lo averiguará ella solita esta noche. Es mejor darle tiempo para procesar. ¡Venga, arréglate! A las nueve te espero. ¡Ah! He invitado a Maribel, para que te sea más fácil.

—Gracias, Alex.

—Paula. —Se gira antes de salir—. Sé que es alguien muy diferente a ti. Es la reina del incordio, de las malas formas y la vanidad, pero por alguna razón la aprecio y me gusta ayudarla. Ella estuvo conmigo cuando nadie más lo hizo y eso nunca lo olvidaré. Inténtalo. ¿Vale?

Afirmo con la cabeza de forma innata sin tenerlas todas conmigo. Cuando alguien se me *malcruza* no suelo encontrar la manera de enderezar la aversión. Asertividad, Paula, asertividad...

Para mis oídos suena a incompresible ladrido de perro pequeño y rabioso, que no calla para hacerse ver, pero por mucho que hable no aporta nada a la conversación. Es frívola, superficial e insegura y guapa, la jodía, hasta preguntar: ¿por qué ella y no yo? ¿Quién ha hecho este reparto?

Y si a mí ella me convence poco, yo a ella menos. Obvio. Cuando ha descubierto el tipo de trato que nos une a Alex y a mí, sus colmillos y uñas de vampiresa se han afilado, y si llego a despistarme me hubiera hincado los dientes y enviado a otro mundo a dormirla. Sé de pocas cosas, tengo veinticuatro años, pero llevo más de seis años estudiando el comportamiento humano, por tanto, me encuentro con la seguridad de vaticinar que Beca me lo va a poner difícil, si no imposible.

Tras la cena estuvimos tomando una copa acompañada con una relajante música *chill out* sonando de fondo, que nos vino al pelo, dada la situación. Estoy segura de que más de una guerra se ha empezado con menos, pero gracias a que Maribel salvó varios intentos de Beca de *liarla parda* con su lingüística descalificativa, el clima no subió por encima de los cincuenta grados y aplazamos a nuestras respectivas artillerías para otro día.

—No sé cómo puedes ser secretaria. Servir a alguien... buajjj.

A lo que Maribel respondió:

—Al menos ella sirve solo a uno. Yo sirvo helados a todo el que los pague.

Otra joyita que soltó un poco más tarde fue:

—Paula, ya tienes machitas solares... pareces mayor. Tienes que cuidarte, monina.

Mi defensora:

—¿Qué dices? ¡Pues anda que no se cuida! Tendrías que ver su neceser. Además, Beca, cariño, si son tres pecas... sexis a tope, ¿a que sí, Alex? ¿A que te encantan las pecas de Paula?

Alex rio.

—¡Uyyysss, Paula! ¡Cómo comes! ¡Cuando llegues a mi edad vas a tener que hacer deporte o rodarás como un barrilete!

—Es cuestión de genética, Beca... por cierto, ¿has cogido un poco de peso desde la última vez, verdad? Te veo más guapa —ametralló mi heladera favorita desde hoy.

En varios momentos Alex, que no es tonto, se me ha acercado para decirme que lo estaba haciendo muy bien y que tuviera paciencia. Pero en cuanto Maribel ha decidido marcharse yo he optado por lo mismo. Y ahora estoy en mi buhardilla oyendo sus voces y risas en la piscina que me provocan tal corriente de mala uva que prefiero ponerme unos casquitos y ponerme a Bebe puesto que nunca me falla. Busco la canción que necesito:

«Quiero una canción que haga bailar a mi corazón, nada de ti se borró, lo tengo aquí dentro, dentro».

Intentaré engañar a la pena que quiere arruinar mis últimas vivencias con un agorero pesimismo. Ya decía yo que las cosas me iban demasiado bien...

Capítulo XXX
Nunca competirás
Alejandro Carson

Le duele el labio, pero más le duele la dignidad. «¿Cómo ha podido pegarse con David Lozano?».

Cuando lo vio venir, con cara de no haber roto un plato y del brazo de Jimena, su hermana pequeña, no lo pudo resistir. Fue a reventarle la cara. El resultado fue otro…

Como suelen rendir estos casos, la contienda solo sirvió para liberar testosterona y que esta se propagara a los cuatro vientos. La noticia correrá como la pólvora. Al final en este mundillo se conocen todos y que lo tomen por un «grescas» no le agrada en exceso.

Y respecto a la investigación: han vuelto al punto de partida. Aitana le ha enviado un mensaje confirmando su coartada. La parejita no asesinó a Kirov. David sí que ayudó a su hermana Jimena para convencerlo de que no vendiera el caballo, incluso falsificaron las cuentas de Félix, el domador, para hacer ver que había recibido dinero de los comprado-res y que estaba manipulado, pero nada más. Jimena no quería a su mejor caballo muerto y a David, Kirov, ni le iba ni le venía. Además, también le aseguró que a su jefe, Amancio Ríos, tampoco. Y lo peor, tiene sentido.

¿Entonces, quién asesinó a Kirov?

Capítulo 20

No es que esté mal, no es eso, en la intimidad Alex y yo somos los de antes, el problema es que apenas hay intimidad.

Alex se pasa los días con Beca paseando, charlando, haciendo deporte y yo en casa hablando con Chester, porque no hay otro ser vivo con orejas por aquí, y gestionando todas las llamadas, reuniones y asuntos. ¡Vaya... por lo que me paga! Y muy bien, por cierto. Y no, no estoy celosa, o por lo menos no en el sentido habitual de la palabra. Sé que Alex no siente atracción por Beca, sé que, en ese sentido, hoy por hoy, solo estoy yo, pero la circunstancia que lo estropea todo es que apenas estoy porque no nos vemos.

Y la culpable tiene un nombre propio, Rebeca Ortiz. Para ambos resulta evidente que intenta separarnos, que se inventa todo tipo de tretas para quedarse a solas con él. Alex es incluso más consciente que yo, pero en vez de enfadarse se lo toma con humor. Alega que la ve bastante despistada, que ha estado abusando de las drogas y que quiere ayudarla. Y yo lo admiro, de verdad, porque me demuestra el tipo de persona que es, pero no me siento tranquila. A cada día que pasa y la observo sé que trama algo y que va a destrozarlo todo. Alex me llama tremendista y dice que he leído demasiadas novelas, pero mi intuición no suele fallar.

Ya lo intentó con el tema de Adriana... al fin descubrí qué era aquello que escondía en lo más hondo de sí Alex. La pena es cómo lo hice. Hace una semana, cuando Beca llevaba como tres días aquí, me encontré en el despacho de Alex, sobre la mesa, la fotocopia de un documento médico que pertenecía a la paciente Adriana Ortega. Supe desde el primer momento que eso no estaba allí y quién lo había dejado, así que no quise indagar y no lo leí. En un primer momento. Después de pasar todo el día sola sin señales de Alex y Beca, bajé de nuevo al despacho y leí el final del documento:

Traumatismo cráneo encefálico resuelto.

Lesión occipital con ceguera total unilateral ojo izquierdo.

Amnesia retrógrada en tratamiento.

Me fui a mi habitación temblando. Llamé a mi hermana y ella reconoció no saber nada y cuando a las once de la noche llegaron Alex y Beca de pasar todo el día de excursión en el barco (me invitaron, pero no quise ir), llamé a Alex a mi habitación.

Diez segundos nos hicieron falta para comprender que el papel lo había dejado Beca adrede para que yo me topara con él (ejemplo de que me quiere quitar de en medio). Alex, bastante afectado, se rascaba la barba porque no sabía cómo empezar.

Adriana antes de *GH* era alguien muy sensato, pero la fama inesperada, la noche, el éxito, los piropos interesados y todo en lo que se basa mi tesis la alteraron. Por alguna razón comenzó a entablar amistad con Beca y a probar de todo: alcohol, pastillas, drogas...

—No quiero justificarme —me dijo serio—, pero te prometo que no podía hacerme con ella. Teníamos tantas ansias de vivir que nos pudo la misma vida. Yo a los meses comencé a aburrirme del mundo noche y le pedía a Adriana que parasemos, que hiciésemos una vida más normal. Ella no quería. Al final rompimos y yo me dispuse a cambiar de aires, aquí en mi tierra, pero me vino llorando, rogándome otra oportunidad y no supe decir que no. Salimos esa noche a festejarlo y varios de la casa se apuntaron. Beca entre ellos. Adriana y ella se habían hecho íntimas y se metían de todo. Esa noche ella estaba tan desbordada que me asusté, quise que se viniera a casa conmigo, pero se negó con un numerito dentro del bar que prefiero obviar. Salí a la calle y cuando arranqué mi coche las vi venir hacia mí. Aceleré para huir. Adriana, no sé cómo pudo, se subió a mi capó diciéndome que no me fuese, que era un aguafiestas. Yo le repetía una y otra vez que se bajase porque se iba a hacer daño. Varios coches que estaban detrás comenzaron a pitarme, pero ella hacía oídos sordos. Metí primera y muy despacio intenté echarme a un lado para dejar pasar a los demás, pero cuando me quise dar cuenta ella había soltado sus manos y estaba de rodillas sobre mi capó. Frené en seco. —Alex, se tapó la cara con las manos y con un más que evidente esfuerzo, continúo—. Me asusté, frené tan fuerte que ella cayó al suelo de espaldas y se golpeó en la cabeza quedando inconsciente.

Me contó, con lágrimas escondidas, que estuvo con ella noche y día en el hospital. Un mes en coma. Los médicos se pusieron en lo peor, pero Adriana, al mes, despertó. Ciega de un ojo, con problemas para hablar y sin recordar nada de antes del accidente. Sus padres se hicieron dueños de la situación y se la llevaron a EE. UU. y no la ha vuelto a ver. Mantiene contacto con ellos. No lo culpan, pero no quieren a nadie de su pasado cerca.

Es por eso que Alex desapareció de la vida pública. Al poco recibió la herencia de un desconocido, se compró la casa en Mallorca, cambió su nombre y tras meses de oscuridad, gracias a una agenda que encontró por azar, sintió que lo único que podía salvarle era inventarse otros mundos y comenzó a escribir. Con dinero se buscó un buen agente y la suerte le sonrió.

Lo abracé. No pude más que abrazarlo, porque al terminar de contármelo varias lágrimas escaparon de su contención. Le dije que se olvidara de la culpa, que la culpa es la peor de las anclas. Le dije que dejara de esconderse, que su sufrimiento cesaría cuando reconociera quién era él, ante el mundo y sobre todo ante sí mismo.

Le dije que lo quería y lo quiero, pero lejos de Beca.

Capítulo XXXIII
Nunca competirás
Alejandro Carson

[...]

Aitana ya sabe toda su verdad. Sus fracasos. El intento de suicidio de su ex, Carla, por la que decidió alejarse de las mujeres.

Solo hizo falta una leve insinuación de Jimena, el día de la pelea con David, para que Aitana lo captara y unos días después le preguntara. Diego, que se considera íntimo amigo de la sinceridad y prefiere disparar con la verdad que torturar de a poquitos con la mentira, le contó el amargo intento autolítico de Carla, y los daños posteriores que lo asolaron y depositaron minas antimujeres en su vida.

Pero Aitana y él... no es común, no es factible el descarte. Porque le duele no tocarla, le duele cuando se sienta lejos de él, arrasaría en su largo cuello, elegiría el aroma de su pelo como el ambientador más dulce, en su boca podría aparcar lo que le queda de vida, mientras sus manos palpasen la piel de su ondulada figura.

Se está enamorando y ella también. No hay juegos entre ellos. Eso le gusta. Eso le encanta.

Capítulo 21

—No voy a ir, Beca. Te pongas como te pongas. Buenas noches —concreta por vigésimo quinta vez Alex a su amiga (que no la mía).

Nos vamos a descansar. Juntos. Porque se lo he pedido. Es triste. Antes Alex acudía a mí hasta en sueños y ahora tengo que rogarle que me preste atención. Sigue a todas horas con ella, practicando deporte, de excursiones, charlando y cuando no se enclaustra a escribir y cierra con llave su cuarto por si le da por hacer excursiones sonámbulas a la habitación equivocada. Ahora casi nos comunicamos más por WhatsApp que cara a cara.

Llegamos a mi buhardilla. Cerramos la puerta y Alex suspira fuerte bajando los hombros a la vez. Como si se desanudase la corbata que no lleva, veo cómo se destensa apoyado en la puerta.

—Estoy agotado, Paula. Beca puede conmigo —confiesa.

—¿Y con quién no?

Alex me pide en un gesto que me acerque a él y eso hago. Me besa despacio, con los ojos abiertos, alejando y acercando mi cara con sus manos, agradeciéndome que esté aquí con él, confesándome que me echa de menos y que quiere que regrese la normalidad a su vida.

Poco después nos acostamos. Me visto con un camisón sexi que compré el otro día en Andratx y me perfumo.

Consigo mi objetivo: llamar su atención y devolverle a mi cuerpo las caricias que añoraba. No todas las que necesito, estoy en esos días... ¡Manda narices! Alex casi se troncha de risa cuando después de varios requiebros me he visto obligada a confesárselo.

—¿Por qué no vas, Alex? —le pregunto ahora con mis energías bondadosas al máximo por tenerlo todo para mí.

—No, Paula. Llevo mucho tiempo resguardándome de ese mundo. Manteniendo mi anonimato.

—Pero es un acto benéfico, Alex. —Le acaricio su pecho desnudo que uso de almohada—. Contra la violencia de género... si vas recaudarán mucho más dinero y si quieres escuchar a la psicóloga que llevo dentro... Creo que debes dejar de esconderte tras ropas horteras, una gorra y una casa. No tuviste la culpa, Alex. Fue decisión de Adriana subirse a ese coche y, es más, seguro que ahora está mucho mejor de lo que estaría si no hubiera sufrido el accidente.

—Sí, creo que es profesora allí —me reconoce.

—No te digo que vayas a cientos de eventos, pero a algunos sí.

—Lo pensaré... ¿Tú vendrías? ¿Me acompañarías?

—¿Y Beca? No creo que le haga mucha gracia.

—Pues le tendrá que hacer. Tú eres mi novia —afirma, y en un intento de que no trascienda se acerca para besarme.

—¿Cómo? —Salto como un resorte—. ¿Soy tu novia?

—¿Tú qué crees? —Señala a la buhardilla y a nosotros dos encamados.

—No sé, no sé...

—Paula, en serio. —Me mira con sus ojos miel y me convierte en dócil abejita que perdió su aguijón—. No me gustan las clasificaciones, pero si tú quieres, a partir de hoy, para el mundo tú y yo somos pareja.

—Uhmmm. —Hago que me lo pienso—. Pero soy virgen todavía —bromeo—. ¿Voy a tener que esperar al matrimonio?

—No, eso en unos días lo resolvemos —contesta—. Paula, me haces muy feliz. Lo que siento por ti me ha hecho revivir, olvidarme de los dramas, no me hace falta beber por las noches, contigo duermo profundo como un bebé. ¿No te has dado cuenta de que mi frecuencia de asaltos sonámbulos está bajando?

—Sí, y te confieso que los echo de menos —bromeo—. ¡Camarero! ¡Un poco de vino para este caballero!

Reímos.

—Te has convertido en alguien tan importante que haría una aplicación en mi móvil de ti. —Frunce el ceño, inseguro.

Volvemos a reír. La cursilada ha sido de órdago a la grande y se lo hago saber.

—Lo mismo digo, aunque yo haría un muñeco hinchable clavadito a ti y dormiría todas las noches contigo.

Nos trochamos y comenzamos una batalla de cursiladas (él) contra osadías (yo). El mundo al revés en esta buhardilla.

Antes de descansar, cansados de usar tanto ingenio a estas horas, con más sueño que una marmota en un *after*, volvemos a plantearnos lo de la fiesta. He de reconocer que, aunque suene masoquista, me intriga qué es lo que tiene planeado Beca… Desde el primer momento he sospechado cuando lo ha invitado con esa cara de fingido desinterés personal. Ese elemento no tiene idea buena. Prefiero estar presente. Se lo comento.

—Sí, lo sé. —Sonríe—. Te detesta. No cesa de tirarme pullitas sobre ti.

Un arjjj se me escapa entre los bostezos de sueño.

—Está celosa… ¿sabrás que le gustas? ¿No? —pregunto mientras dejo un reguero de besos seductores por su cuello para intentar espabilarme.

—Le gusta mi éxito, no yo.

—Es verdad, hay tantos Alex que a saber cuál le interesa… —bromeo en su oído.

Alex me hace un quiebro con un inquietante talento y se monta encima de mí, inmovilizándome.

—¿Y a ti qué Alex te gusta?

—A mí, ninguno —le respondo *ipso facto*.

—¿Ninguno? —Siento cómo ha perdido fuerza en sus brazos y me aprovecho para devolverle el quiebro con unas fuerzas que pensaba que estaban a punto de dormirse. Cuando lo tengo debajo de mí, le susurro al oído:

—Te quiero a ti, por todas partes.

Capítulo XXXIV
Nunca competirás
Alejandro Carson

[…]

Jimena llora en su hombro y se contiene. Es tan bonita que cómo pudo pensar que ella podría haber hecho algo así… se ha desquiciado.

—Venga, va, Jimena, ¿hermanos? —Eleva el puño en el aire para que choque.

—¡Qué tonto! —Ríe—. Gracias por admitir a David. De verdad que lo quiero, Diego.

—No es que me vuelva loco la idea, pero quién soy yo para impedirte nada. Solo te pido que te andes con cuidado. Te saca diez años.

—Gracias, hermanito. —Lo abraza más fuerte—. Y ya que confías en mí… Yo quería contarte una cosa, pero prométeme que no te vas a endemoniar, es sobre nuestra hermana.

—¿Qué la pasa a Cayetana? Hace días que no la veo, ahora que lo dices…

—Me siento horrible por esto que voy a hacer, Diego, pero Cayetana lleva un tiempo muy rara. Desde mi habitación la oigo llorar muchos días y sabes que ella era fuerte como una roca. Le he preguntado, pero nunca me responde. Ya sabes cómo es. El otro día caí en la cuenta de que lleva así desde unos días antes de lo Kirov y me ha dado por pensar… Algo le ocurre, Diego. Mamá y ella se miran de una forma…

—¿De qué forma?

Capítulo 22

Alex cedió y hoy vamos a la fiesta en el puerto de Andratx, que he de decir que es maravilloso y no me canso de este impresionante paisaje. Montañas verdes y mar azul decorados con mansiones y blancos yates que lo enriquecen en vez de estropearlo como sucede en otros lugares más explotados. La presencia de Alex ha sido anunciada a bombo y platillo, por lo que mi semana como secretaria personal se ha asemejado a un infierno oficinesco. Creo que lo he confirmado a tantos medios que el acto benéfico va a ser más sonado que las fiestas de Mónaco. Eso sí, esta humilde servidora va, pero en un segundo, ¡qué digo segundo!, ¡menos décimo plano!

Alex posará con Beca en el *photocall*. Para la prensa yo no seré más que su secretaria. Así lo he querido yo. Él en un principio se negaba, pero lo he convencido. Es un poco experimento... A mí no me seduce ni una pizca este mundillo y lo que pretendo no es que Alex vuelva a él. Mi intención es que se enfrente a sus miedos para poder seguir adelante. Que pueda pasear por la calle sin disfraces, porque si algo tengo claro es que no se escondía de la gente, huía de sus dolorosos recuerdos. Asimilar que casi mata a alguien por un acto idiota le hizo inmolar cualquier ápice de felicidad. La culpa y la mala gestión de los miedos pueden limitar hasta niveles incalculables. Si para que Alex mejore he de pasar por el trance de ir a este tipo de eventos, pues lo haré.

Hace unos días me fui con Maribel a Palma, ella conoce todas las tiendas *cuquis* y baratas de la zona y no me costó encontrar el *look* perfecto. Un mono negro, atado al cuello y espalda al aire. Discreta y sexi. Eso es lo que pensé en la tienda, ahora que me veo diría que me marca barriga y que me hace parecer más mayor. De peinado opto por una coleta tirante, me maquillo natural, excepto los labios, que pinto de rojo, y me calzo mis sandalias doradas de Sarenza. Bajo las escaleras y me topo con unos ojos ámbar que me miran embobados. Claro que los míos, verdes oscuros, no pestañean para no perderse tal ejemplar. Alex con chaqueta negra, chaleco, camisa blanca y vaquero gris ajustado. Pero no es el hábito el que viste al monje, no, es su porte, su cuerpazo, sus abdominales que se intuyen entre tanta ropa los que me cautivan.

—¡Guau! Estás increíble —dice y mis orejas sonríen de halago.

—Tú sí que estás guapo. Van a alucinar... te confieso que tenía miedo, pensé que ibas a tirar del armario choni.

Nos abrazamos y una ola de su perfume hace flaquear mis rodillas.

—Estoy nervioso. Necesito que le digas a mi psicóloga que no se separe de mí.

—Hablaré con ella, pero ya te he explicado que odia las cámaras.

Nos miramos irónicos y nos perdemos en un beso embadurnado de carmín rojo de Chanel.

—Ya estoy aquí, perdonad. —Escucho a Beca. Me giro y me quiero morir de impresión.

Un vestido blanco con escote en pico hasta el abdomen y gasa vaporosa en la falda es lo que me encuentro. La mujer más sensacional que he tenido delante.

—¡Muy guapa, Beca! —exclama Alex.

—Sí, muy guapa —digo entre dientes.

—Tú, también, monina —escupe.

No me molesta su belleza, me incordia su frivolidad y su mala idea. Y hablando de ideas, sé que algo trama y creo que su plan comienza esta noche.

No puedo acercarme a Alex. Los periodistas llevan asediándolo toda la noche. Beca y él no han parado de sonreír, posar y hablar para todos ellos. Han acudido otros famosos, actores de series, cantantes, exconcursantes de *GH*, pero sin duda la atención hoy la ha copado Alex. Un éxito.

Lo he visto seguro de sí mismo, amable, simpático, cercano. Cercano a ellos, pero lejos de mí. Y no soy la típica aguafiestas, me niego a molestarlo con mis fatigas, pero hoy me queda más que claro que no pertenezco a este mundillo. Me siento más tímida y fuera de lugar que nunca, algo así como una judía verde en una barbacoa. Nada más bajar del coche y observar tal volumen de gente, he comenzado a temblar cual pajarillo mojado. Creo que me intimida la situación porque siento que voy a hacer el ridículo a cada momento. Sé que soy un bicho raro; muchas matarían por presenciar tal sarao, pero yo no, prefiero las reuniones sencillas en donde puedo ser yo misma y la gente se comporta de una manera más natural. Aquí estoy rodeada de vanidad y ambición.

Tendría que haberse animado Maribel a venir, pero no quiso y como no entendía nada, porque por lo poco que la conozco diría que le gustan más las fiestas que a una quinceañera, al final la sonsaqué que había quedado con Herman y era su primera cita oficial. Es hablar de él y le brillan los ojos, su sonrisa se emboba y suspira a cada palabra.

He hablado con los directores de la fundación y con los organizadores del evento. Alex me ha presentado a Luismi, su amigo de *GH*, y desde luego ha sido la mejor conversación en lo que va de noche. Hemos estado hablando de mi tesis y, muy a mi pesar doctoral, a él, el paso por la casa, no le ha traído más que beneficios y me ha asegurado que volvería a entrar con los ojos cerrados.

Varios tipos han intentado meter ficha y otros sonsacar información de Alex, así que estoy en una esquinita de este maravilloso emplazamiento con una copita de champán y enviándole fotos a mi hermana que se muere de envidia con cada una.

Atisbo a Beca y a Alex, cuchicheándose cosas al oído, un tanto alejados del resto y si no supiera lo que sé, o eso creo, diría que parecen pareja.

La directora de la fundación se sube a un pequeño escenario a agradecer a todos los invitados su aportación. Sobre todo se lo agradece a Beca, la maestra de ceremonias. Un aplauso ensordecedor llena el espacio y mi compañera de mansión sube al escenario.

Siento cómo alguien me agarra una mano. Miro asustada, pero me encuentro con Alex que ha llegado en tiempo record.

—No permitiré que nadie te arrincone, *baby* —susurra a mi oído.

—Me arrincono yo solita, no te esfuerces en vano. ¿Lo estás pasando bien?

—Mejor de lo que pensaba. Es como montar en bici... ¿y tú?

—Muy bien —miento—. Estoy enviando fotos a mi hermana de todos los famosos.

—Eres una *paparazzi* encubierta... te vas a enterar. —Muerde mi lóbulo de la oreja.

Justo en ese momento, Rebeca comienza a hablar micrófono en mano. Los dos dejamos de calentarnos para atenderla. Muy a mi pesar.

—Yo no he sufrido violencia de género, pero lo he vivido de cerca. Y os puedo asegurar que nadie está a salvo...

Alex se acerca a mi oído para susurrarme:

—No sé qué va a decir, pero me ha pedido que le siga la bola.

—¿Cómo? —Lo miro interrogante.

Alex eleva sus hombros en señal de ignorancia.

—¿Y lo vas a hacer? —No puedo ocultar mi consternación.

—Hombre, depende...

—Mira, Alex, seré muy inexperta en estos asuntos, pero creo que no debes dejarte ningunear y menos por ella.

—No saques las cosas de quicio, Paula. No sabemos qué es lo que quiere.

—Seguro que nada bueno —se me escapa al aire.

—No seas injusta, Paula. Beca tiene buen fondo.

—Vale, soy muy injusta. Luego no te molestes cuando te diga que te lo avisé.

Todo el mundo se gira para nosotros. Por un momento creo que nos han oído, pero enseguida caigo en que es Beca la que lo está llamando micrófono en mano. La gente aplaude a Alex y le reclaman que suba al escenario. Él me mira serio, se rasca la barba y tras ello se gira con una sonrisa y se separa de mí para irse con ella al escenario.

—Alex es una gran persona —dice ella al público mientras él se acerca—. Todos estos años me ha ayudado de todas las maneras posibles y os prometo que no soy nada fácil. —El público ríe—. Por eso pensé en él para este evento, porque no conozco a nadie tan comprometido como él.

Mi novio sube al escenario y las palmas de las manos de los que aquí concurrimos arden de clamor. Alex levanta pasiones. Ahora lo sé. Su presencia nubla a las demás. Desprende carisma y simpatía. La gente lo conoce porque lo vieron tal y como era dentro del *reality* y no lo han olvidado. Eso me llena de orgullo y tristeza a la vez. Una sombra de prejuicio que había estado ocultando en la intimidad de su mansión me envía varias preguntas:

¿Puedo estar yo con alguien tan público?

¿Puedo compartir parte de mi vida con los medios?

¿Puedo admirar a mi novio a pesar de que haya participado en *Gran Hermano?*

Tictac, tictac… Debo responder a esto antes de avanzar más.

—Gracias, Alex. —Escucho a Beca—. Por ser como eres, por acompañarme, por cuidarme. Soy la persona más afortunada del mundo por tenerte tan cerca…

¡Uy, uy, uy! Esto está cogiendo un cariz... de hecho han puesto música romántica y muchos han sacado sus móviles para grabar porque vaticinan, lo que yo temo, que es una declaración de amor.

—Me hace muy feliz el que hayas decidido salir de tu escondite junto a mí. Tú y yo, Alex. Siempre tú y yo. Solos. —¡Toma dardo envenenado!

Él sonríe un poco tímido, pero los silbidos de la gente por soso lo animan a tomarla de la mano. Creo que voy a coger las de Villadiego...

—No ha sido fácil, ni será fácil, pero juntos lograremos sortear cada obstáculo. Lo que quiero decir hoy, aunque estoy muy nerviosa es... Alejandro Sureda, ¿quieres casarte conmigo?

Un estruendoso «oohhh» resuena en mi conmoción. Mi mano derecha se ha ido directa a la boca y mis pies han empezado a coger carrerilla. Me tropiezo con gente porque camino de espaldas. Observo a Alex impresionado, sin saber qué responder, mirando con los ojos desorbitados a Beca y después a mí, o por lo menos al lugar donde me encontraba yo. No me ve. El público entiende que los mira a ellos y comienzan a aplaudir. Lo último que contemplo antes de salir por la puerta es un abrazo entre Beca y él.

Capítulo XXXVI
Nunca competirás
Alejandro Carson

[...]

Se encierra en su despacho. Necesita martirizarse. Lo último que le ha dicho Aitana no le permite coger aire. «¿Por qué es tan rápida?». No ha tardado ni dos días en adivinar lo que le sucedía a Cayetana y, como viene siendo la costumbre de estos últimos meses en su familia, la noticia es una bomba atómica que ni sabía que existía.

[...]

—¿Desde cuándo juegas al póquer, Cayetana? —Consigue su objetivo. Cayetana no lo oía. Movía la cuchara del café como si estuviera hipnotizada. Ahora sí ha llamado su atención.

—¿Qué dices, Diego?

—Digo que sé que estás metida en problemas de juego, Cayetana.

—Eso no es verdad.

—No me hagas enseñarte las pruebas.

—¿Me has mandado investigar? ¡Qué fuerte! ¡Tú estás loco! —Se levanta iracunda.

—Cayetana. —La agarra de un brazo a su paso para frenarla—. Déjate de numeritos. Soy tu hermano, no un policía, y estoy preocupado por ti. Sé que has estado jugando al póquer en lugares poco recomendables. ¿Estás en problemas?

Sus ojos chispeantes en un movimiento de cabeza se lo niegan. Está abochornada.

—Tienes diecinueve años… ¿Cómo has llegado ahí? Estás en edad de discotecas, no de partidas de póquer.

—Malas influencias…

—¿Conozco a esas malas influencias?

Ella asiente tímida. Algo le dice que no le va a gustar nada la respuesta a la siguiente pregunta:

—¿Quién, Cayetana? Dímelo, por favor.

—Estoy harta, Diego, muy harta de esconder esto. —Se le escurren unas lágrimas—. Ya no puedo más… Hace unos meses mantuve una relación con Félix.

—¿Félix? ¿El domador?

—Sí, tranquilo, rompimos. Fue él, el que me llevó a las partidas. Al principio era muy divertido. La adrenalina que descargaba allí se me enganchó como una garrapata. Tanto que comenzamos a ir a timbas ilegales. Estaba deseando que llegase la noche para irme a jugar, incluso sin Félix, que comenzó a hartarse de mi necesidad. Una noche unos contactos me invitaron a una timba en un chalet donde iba a venir gente seria, unos rusos. Félix se enfadó cuando se lo dije, pero me acompañó. Aquello era otro mundo, Diego, me volví loca y me jugué lo que no era mío —termina, avergonzada.

—¿Qué te jugaste? —Aprieta los puños con la misma fuerza que la mandíbula para retener a la ira.

—Fue lo primero que se me ocurrió. Félix me había hablado esa noche de una gran oferta que había recibido de la hípica de unos conocidos suyos para comprar a Kirov.

—¿Te jugaste a Kirov?

—Sí —admite con la mirada al suelo—. Me lo jugué, lo perdí y por eso Félix te insistió en que lo vendieras. Por mi culpa. Porque yo le insté a ello. Quería pagar con su parte mi deuda, que a falta del caballo eran sesenta mil euros.

Capítulo 23

No hay vuelos hasta mañana a las ocho, pero ya lo he comprado. He avisado a mi directora de tesis que dejo el trabajo y regreso a Madrid. No puedo continuar aquí. No puedo… No puedo.

He estado negando la evidencia durante todo el tiempo: Alex y yo pertenecemos a mundos diferentes. Somos diferentes. ¿Cómo he podido enamorarme de un concursante de…? ¿Qué esperaba? Yo, que soy amante de la discreción, que no entiendo cómo a la gente le importa la vida de los otros, he empujado al chico que más me ha atraído en mi vida a volver a un mundo que odio, ¿por qué?

Mis lágrimas corren a raudales por los sentimientos que me martirizan: estupidez, ingenuidad y culpabilidad. Creí que podía con ello. Al ver los vídeos de su concurso me enamoré, como todos, del personaje y quise, orgullosa de él, que volviese al mundo público, sin advertir que iba a superar mi nivel de tolerancia. Que yo detesto ese tipo de escenas, que me muero de bochorno cuando la gente cuenta su vida por la tele, que eso no va conmigo.

—Paula, abre. —Escucho su voz al otro lado de la puerta. Al sentir tan cerca al culpable de mis desdichas las lágrimas se desbordan—. Paula… venga, abre. Si estás así por el espectáculo de Beca, me imagino que sabrás que no me voy a casar con ella. Lo único que quiere son bolos.

Me acerco a la puerta para que me escuche, no tengo fuerzas en la voz:

—Déjame, Alex.

—Abre, Paula, por favor. No me voy a ir de aquí. No quiero que llores por esa tontería, por favor. —Ha debido de advertir mi congoja.

Soy adulta y responsable. Creo que se merece que le diga que me voy. Abro la puerta. Al ver lo que debe de ser una Magdalena del siglo XXI retrocede, pero enseguida coge impulso para adelantar la puerta y abrazarme.

—Paula, cariño, no te pongas así. No quiero que llores. —Siento su aflicción—. Tranquila, tranquila...

Me dejo arropar por él, por sus fuertes brazos, por su suave voz y su varonil aroma. Cuando lloro, pero de una manera más humana, me armo de valor para afirmarle:

—Me voy, Alex. Ya he comprado el vuelo.

De la buhardilla acostumbrada a risas y besos se apodera un dramático silencio construido por los dos. Alex no me suelta, al contrario, sus brazos me aprietan.

—No te vayas, Paula. No quiero que te vayas.

—Lo sé —le respondo sincera—, he de pensarme las cosas, Alex, y cerca de ti no puedo.

—No quiero perderte. No volveré ir a ningún evento más. —Se separa de mí para mirarme a la cara—. Mañana enviaremos un comunicado contando la verdad. Le pediré a Beca que se vaya.

—No, Alex... quiero que seas tú, no vuelvas a esconderte.

—¿No lo entiendes? A mí me dan igual las fiestas, la gente, la fama...

170

—Te he visto esta noche, Alex, y estabas radiante. Yo no voy a participar de tu encarcelamiento. Quiero que salgas a la luz, que digas que eres escritor, que te hagas respetar, que asimiles quién eres y te enorgullezcas. Que dejes de tener dos apellidos falsos y aceptes que eres Alejandro Sureda.

—Pero si hago eso tú te irás, Paula.

—Sí —respondo firme—. Mañana me voy. Yo no pertenezco a ese mundo y he de asimilarlo, pero lejos de ti.

—Dime que no es un adiós.

—Alex, no lo sé... quizá sea un «démonos un tiempo». Todo ha sido tan intenso que creo que me he vuelto loca.

Con la naturalidad que nos ha envuelto estos últimos días, Alex me besa suave. Cierro los ojos para dejarme llevar y saboreo las lágrimas que se mezclan con nuestras lenguas, más sedientas que nunca.

Sentada en el asiento del avión no tengo miedo. Hoy no. No hay espacio en mi mente para él, solo para mis recuerdos de la noche anterior. Hicimos el amor. De verdad. Amor con todas sus letras. Cuando su cuerpo se adentró en mí, sentí que estallaba de felicidad y a la vez de pena. Ese es mi sitio, junto a él, descubriendo hasta donde otro cuerpo te puede hacer llegar. Con Alex. La dulzura, la verdad y la pasión sin límites compartieron la cama con nosotros y disfruté como nunca me había imaginado. Quizá fue la despedida, la pena o el desconocimiento de si podremos repetirlo, lo que nos hizo entregarnos de tal forma.

Hablamos mucho. Nos queremos. Hoy por hoy estamos enamorados. Pero somos de mundos diferentes. Yo necesito pensar y él salir adelante, el tiempo dirá.

El avión coge velocidad para despegar. Aprieto mis puños y cierro los ojos fuerte para no olvidar ni un segundo de este verano en Mallorca.

Capítulo XXXVIII
Nunca competirás
Alejandro Carson

[…]

—Aitana, no te vayas.

—Lo siento, pero necesito tomar distancia, creo que es lo mejor para ti. Tienes mucho que asimilar…

—¿Huyes?

—Si quieres verlo así, adelante. Aunque no lo creas, lo hago por ti, para que gestiones tú solo lo que ha sucedido aquí. Habla con ella, Diego…

—Dime que no es un adiós.

—Diego, no lo sé… quizá sea un «démonos un tiempo». Ahora tienes mucho que decidir. Quiero que sepas que optes por lo que optes te apoyaré. —Le toma las manos—. Esto ha sido demasiado intenso, tanto que parecemos dos locos de atar. —Sonríe—. Sé que aquí podría influirte y no quiero.

—En algo te doy la razón. Yo estoy loco por ti. —Usa su última baza, abrir sus sentimientos.

—Arregla tu vida, Diego. Te estaré esperando.

ALEX

—Me ha encantado esta historia... no he podido parar. ¿Para cuándo el siguiente? —me pregunta la última chica de la fila al entregarle mi libro firmado. Hago un esfuerzo por sonreír, aunque la extenuación me hace sentir como un yeso frío e inerte. En principio hoy era una librería limitada y no se me había promocionado mucho, lo que no ha impedido que la firma se haya alargado dos horas más de lo estimado.

—Gracias. Pronto, dentro de poco.

—¿Puedo hacerme una foto contigo, Alejandro?

Poso por última vez. Hoy. Llevo un mes de firmas por toda España. Conectar con mis lectores, aunque es agotador, me ha descubierto lo que provoco con los personajes e historias que emanan de mi cabeza. Esta novela está siendo un gran éxito, mi editora dice que me va a catapultar a la lista de los *best seller* en varios países. No lo pienso mucho, he de mantener la vanidad a raya o me volveré un engreído como hice en mi pasado. Con respecto al público, por extraño que parezca, casi nadie me ha preguntado por *Gran Hermano*. Eso ya está olvidado. Ahora soy Alejandro Carson, el escritor.

Cuando estoy recogiendo mis cosas, oigo alboroto a mi espalda. Me giro. Los hombres de seguridad pelean con una chica que se empeña en que le firme un ejemplar de mi libro.

—¡Dejadme entrar! —dice con tono elevado—. ¡Es muy importante! ¡Alejandro, por favor! ¡Sé que llego tarde, pero es que esto es Madrid! ¡Maldita sea!

Su desparpajo me emblandece acercándome a la barrera que han forjado los de seguridad con sus cuerpos. Sin deshacerla, agarro el libro.

—¡Anda, trae! Dejadla pasar.

Los gorilas abren un hueco y al segundo tengo a la chica (muy bonita, por cierto), frente a mí.

—¡Muchas gracias!

Me siento.

—¿Cómo te llamas?

—¿Yo? Susana.

Abro mi pluma para dedicárselo.

—¡Ah! ¡No! No es para mí. Es para mi hermana. Paula. Se llama Paula.

Como siempre, cuando escucho ese nombre, me sobresalto. Y más hoy... hace un año. A pesar de estar en Madrid, sabía de sobra que no iba a poder venir a la presentación. Hoy leía su tesis. Me lo dijo su directora de doctorado, que resulta que es mi madre. Sí, paradojas de mi enredadora familia.

Mi abuelo habló con su hija el verano pasado porque estaba preocupado por mí y se les ocurrió enviarme a una becaria de su despacho, ocultándome su intención. Patricia, mi madre, pensó que alguien que estaba elaborando su tesis sobre el daño que pueden provocar los *realities* era perfecto. Así con una sola tirita curaba dos heridas: mi trauma social y las páginas en blanco de su estudiante. Paula ignoraba la trama. Paula... si no hubiera sido porque esta firma se ha alargado tanto, hubiera ido a verla. Necesito recuperarla. En todo este tiempo no he dejado de pensar en ella, para colmo hablar de este libro a todas horas no me ha ayudado mucho. Nada más conocerla en el aeropuerto, se coló dentro del personaje de la detective y cada vez que releía los fragmentos, la añoranza de aquellos días atacaba mi voluble voluntad de esperar.

Hemos mantenido un contacto tan escaso como amoldable: *emails* en los que me andaba con cuidado de no usar palabras con doble sentido para no romper lo que ya estaba estropeado. Aunque sea escritor, cuando se trata de mí no encuentro las palabras acertadas.

Al enviarme la editorial los ejemplares, uno viajó inmediatamente a Madrid, a la dirección de Paula, junto a una nota que decía que confiaba en firmárselo en persona.

Abro el libro de la desenvuelta chica y me encuentro un dibujo extraño en lápiz... ¡la gente! ¡Qué poco cuidadito tiene con las cosas! Busco un hueco más abajo y escribo:

Para Paula:
Gracias por elegirme entre tantas letras.

Imprimo mi firma y justo cuando voy a cerrar el libro, observo el dibujo con detenimiento... es una hoguera. Le devuelvo el ejemplar a la chica con tantas preguntas en mi cabeza que no puedo concretar ninguna y me aceleran a un bochornoso silencio, visto desde fuera.

Ella me sonríe y noto un destello en sus ojos que me llenan de esperanza. Pero se gira, con su ejemplar firmado, y se aleja.

—¡Eh! ¡Susana! —Recuerdo su nombre de chiripa.

Ella se voltea con una sonrisa triunfal y dice:

—Te he dejado la dirección en la mesa. Va a haber una hoguera... ¡Date prisa! ¡Encantada, Alex!

Sonrío por fuera y me aguijoneo por dentro. ¿Estoy preparado para verla? ¿Hoy? ¿Ya? Ahora el tiempo que juzgué como eterno me parece mínimo. ¿Se habrá decantado por mí? ¿Podré recuperarla? ¿Y si me rechaza?

PAULA

Siento que he soltado el freno de mano. Es indescriptible. Tres años de duro trabajo para llegar a la emoción de hoy. Soy doctora *cum laude* en Psicología. Mi tesis les ha fascinado. ¡Me han pedido que la publique! Y por supuesto que lo voy a hacer. Se lo debo a todos los que me han ayudado. Se lo debo a Luismi. A Beca. A Adriana. A muchos más. Se lo debo a Alex que me ayudó a que ellos colaborasen en mi estudio, sin segundas intenciones; respetando mi alejamiento.

Han sido unos meses duros. Apenas he visto la calle como si ahora fuese yo la agorafóbica. En el fondo, me venía bien, porque buscaba en cada rostro el suyo y se me iba a descoyuntar el cuello de tanto girarme. Pero he tenido algo de él: su libro. Cuando me llegó *Nunca competirás*, lo devoré. Me reí tanto al descubrir que Alex, de incógnito, había impreso nuestra historia... Yo era Aitana. Quiero creer que en su novela describió lo que sentía por mí, nuestra tremenda atracción. No se lo he dicho a nadie (excepto a Susana), pero saberme la protagonista de esa historia me ha subido la autoestima y el amor propio. Sobre todo ha acrecentado mis sentimientos hacia él, porque lo quiero, lo quiero, lo quiero, lo quiero, lo quiero, lo quiero y hasta el fin, lo querré.

Me alejo de mis invitados para contemplar la hoguera que hemos creado. Patricia, mi jefa, se empeñó en que en mi fiesta posdoctoral debíamos hacer un homenaje a San Juan y yo no puse pegas (ni extintores). Ahora me encanta esta tradición.

El corazón se me dispara como si me hubieran inyectado adrenalina. Piloerección generalizada. Músculos oculares contrayéndose para apuntar hacia todos lados hasta que se relajan y quedan fijos en una imagen al frente, al otro lado de la hoguera. Unos *jeans* oscuros, camiseta blanca con cuello de pico, chupa de cuero negra y unos ojos del color del fluido que vomitan las abejas (llevo cinco meses encerrada en casa y da para muchos documentales), que me acechan desde la distancia. Se ve que mi cuerpo los ha detectado antes que mi entendimiento… ¡Que me diga alguien que esto es normal!

Mientras intento calmar a mi físico, mi alma se expande y lo mira tan feliz que me gustaría guardar esta emoción en un cofre por si alguna vez se me olvida cuánto lo quiero. Está más guapo que en la tele. Este año le he seguido en sus intervenciones, entrevistas y participaciones que ha hecho como Alejandro Carson, con una aceptación del público totalmente natural. Alex sabe hacerse valer, pero lo cortés no quita lo valiente, está mucho más macizo al natural.

Lo descubro cogiendo carrerilla para saltar la hoguera y a todos aplaudiendo. Yo incluida, emocionada y asustada a la par, como Eva González (ya quisiera yo) viendo torear a Cayetano (ya quisiera él, Cayetano, digo). Con maestría, lo dice una enamorada, brinca sin rozar el fuego. Corro hacia él para abrazarlo.

Oler su seductor aroma, sentir de nuevo esos brazos rodeándome y su aliento en mi cuello son otra cosa que guardaré en mi cofre.

—¡Alex! —grito mientras corro a acercarme.

—¡Paula!

Cuando nos alcanzamos me toma en volandas y damos varios giros riendo abrazados. No sé ni cuánto tiempo permanecemos así; el tiempo y el espacio se han anulado. Lo siguiente que noto es que me deposita en el suelo y le oigo:

—Hoy no me hace falta lanzar mis deseos escritos al fuego. La hoguera me los ha puesto enfrente y solo tenía que saltar —me dice como si nada, fijando su dulce mirada (por lo de miel), porque de dulce tiene más bien poco, lo que transmiten da más calor que un horno pirolítico pirolizándose entero.

—Podías haberla rodeado —lo regaño en modo madre—. Casi me matas del susto.

—Eso será porque te importo, ¿no? —Me guiña un ojo.

—Más.

—¿Más? —No me entiende. Normal. Me explico. ¡Allá voy!

—Que es mucho más. Que quiero que saltes todos los años y vengas corriendo a abrazarme.

—¿Eres un poco pirómana? ¿No? —bromea al entenderme.

—¿Yo? Tú tienes la culpa. Lo que he sentido cuando te he visto ardía mucho más que la hoguera. Te lo prometo.

—¡Ehhh! Eso ha estado muy chulo, se nota que has estado escribiendo. —¡Pues si le llego a decir lo del horno pirolítico!—. Me lo apunto para la próxima novela. —Se ríe y yo con él. Solo Alex sabe hacerme reír cuando en lo único que pienso yo es estampar mi boca en la suya—. ¡Enhorabuena, doctora! Estoy muy orgulloso de ti —me dice al oído.

—¡Enhorabuena, escritor! Me ha encantado tu novela —le digo yo al suyo—. Y las riendas que ha tomado su vida... ¿quizá necesite una secretaria personal?

Alex se separa de mí unos centímetros para decirme:

—Lograremos que funcione, Paula... Te quiero como nunca imaginé que podía querer a nadie.

—Lo sé, Alex. Yo lo siento igual. Estoy totalmente preparada para ti.

Alex no deja pasar el tiempo y me besa.

Cuando compras un cuadro o un cojín o un jarrón y te das cuenta de que encaja a la perfección en tu hogar y reconoces que ese es su sitio... Eso es lo que siento yo ahora mismo besando a Alex: que es la llave que abre a esta nueva Paula, una Paula que vibra más feliz que nunca porque sabe que a donde quiera que vaya él, ese es su sitio.

La diosa Selene sonríe emocionada. De nuevo, la diosa de la luna se ha atrevido a pasear en su carroza de plata. Esta noche se ha detenido en esa hoguera en Madrid para descubrir qué fue de la pareja del año pasado. Su hechizo los atrajo, pero allí ha descubierto algo más, algo que desbanca a la pasión y a su influjo: el amor. Dio en el clavo cuando les envió su magia. Gracias a ella, o no, pero Selene estima que sí, vivirán una feliz e imborrable historia de amor.

—¡Vamos, Kirov! —Golpea el lomo, con suavidad, de su más reciente y veloz caballo—. Tenemos mucha noche por delante. ¡Hay muchas parejas a las que unir!

—¡Oye! —Separo a Alex del corro que hemos formado con varios amigos, incluida su madre, mi jefa, Patricia.

—¿Qué?

—No quería hacer *spoiler* de tu novela. Me dejó muerta el final. No me lo esperaba.

—¡Genial! Para eso lo escribí.

—Es que quería decírtelo. En ningún momento se me ocurrió que podía haber sido la madre. La pobre... y el caso es que encajaba. Se enteró de que su hija se había jugado el caballo, los otros discutían por venderlo y dijo que muerto el perro se acabó la rabia. Cogió la insulina que tenía en el botiquín de los fármacos de su marido por su cáncer de páncreas, y se cargó al caballo.

—¿Te gusta cómo resolví la historia de Aitana y Diego?

—¡Claro! Ella se fue porque lo descubrió todo, pero quería que él tomase las decisiones pertinentes en referencia a su madre. Ella no se quería meter. Pero cuando él la va a buscar... aunque me gusta más nuestro encuentro.

—Ya, y a mí, es que no había sucedido, si no lo copio. Ya sabes que no escatimo en hacer referencias a mi vida actual.

—Ya, ya, debería denunciarte por plagio —bromeo—. Pero, tranquilo, no lo haré, con la condición de que en la siguiente novela haya alguna que otra escena tórrida.

Alex se separa de mí unos pasos y se rasca la barbita de diez días.

—De acuerdo, pero entonces tendré que practicar.

Desde esa corta distancia lo imito, y apoyo mi dedo índice en la barbilla antes de decir:

—Lo entiendo y si no te importa, me ofrezco voluntaria, claro que espero que no haya más becarias. —Me niego a compartirlo.

—No, me va perfecto.

Nos volvemos a abrazar.

—¿Tú tampoco has olvidado nuestra última noche? —susurra en mi orejita candente.

Le digo que no con una mirada teñida de falsa timidez.

—Entonces ¿qué hacemos aquí?

—Ya nada. Tira para mi casa, te advierto que nada que ver con la tuya, la mía es de quinieurista... ¡Ahhh! Una última cosa a la que le he estado dando vueltas estos meses... —Me he frenado en seco.

—Dime.

—¿Te acuerdas de cuando nos conocimos en el aeropuerto?

—Sí, claro, cómo olvidarlo. —Sonríe y creo adivinar en su sonrisa que intuye qué le voy a preguntar.

—Muy bien, entonces espero que sepas decirme qué has hecho con mi tanga.

FIN... o no.

—¡Has estado fantástica, Paula! —Me abraza Beca (sí, la trepa) al salir del plató.

—¿Tú crees? ¿No se me notaban los nervios? Porque te prometo que me temblaba el labio inferior como si estuviéramos a veinte grados bajo cero.

—Nada, no se te ha notado nada —reincide Dana, la novia de Beca.

Hago que me lo creo por no repetirme y avanzamos las tres hasta el pequeño camerino donde antes guardé mis cosas. Sí, Beca ahora tiene novia (se le habían acabado los hombres), pero parece que esta vez sí que funciona, porque se la ve de fábula: estable, sana y feliz. Tanto que nos llevamos hasta bien y me está ayudando muchísimo con la aventura *GH* de mi hermana Susana.

Al fin lo logró y lleva dos meses concursando en *Gran Hermano*. ¡Una alegría para toda la familia! ¡Estamos que nos sale la felicidad por las orejas! Sobre todo cuando la ponen a caldo en los debates y programas… eso es que es incomparable. Mi madre lleva sin dormir dos meses y mi padre ha optado por quitar todas las teles del hogar, el pobre no sabe que ella ve la casa en directo desde una tableta que le regaló Susana para que estuviera al día de todo… ¡Qué previsora mi hermanita!

En mi caso he de reconocer que no he estado muy pendiente porque nos hallamos en plena promoción de un nuevo libro y apenas piso suelo español… ya me gustaría a mí pisar más suelo y menos pasillo de avión. Creo que con lo siguiente que va a probar Alex para calmar mis perrengues preembarque empieza por «mari» y acaba en «huana» porque con la farmacología legal no nos llega. En alguna ocasión

187

me ha tenido que arrastrar como a una niña pequeña mientras a mí se me caían las lágrimas a raudales en plan rabieta. La gente lo mira y lo compadece, pero a él no parece importarle (es un santo varón) y tira de mí sin prestar atención a las risas de la gente. Claro, que luego ya se toma la revancha cuando tocamos suelo y me cuenta entre carcajadas la que he montado. Asumo que debo ir a terapia, pero me da una pereza...

Llevamos juntos dos años. ¡Dos años ya! Hace unas semanas fue nuestro aniversario, tomamos por fecha la noche de San Juan, porque desde el primer momento saltó la chispa y lo celebramos con todos nuestros amigos. Seguimos viviendo en Mallorca aunque tenemos alquilado un estudio en Madrid porque pasamos muchas semanas allí. Mi vida con él es... es... vale, va a sonar un poco cursi, pero es que es mejor cada día. Nos acoplamos como almas gemelas (ya avisé de que iba a sonar cursi). Con él todo es fácil, no nos complicamos la vida con tonterías y eso que trabajamos juntos. Sigo ejerciendo de su secretaria, manager, agente... llámalo como quieras, pero tengo trabajo a espuertas. No paro. Alex corrió la voz y también soy la agente de varios escritores más. Desde luego no me puedo quejar y ya me alcanza para comprar casi todas las cremitas y maquillajes que se me antojan. La gestión del resto de sus negocios, en concreto las heladerías, las delegamos a Maribel. Alex la ascendió de puesto y lo hace fenomenal, pero en lo que verdaderamente ha ascendido mi amiga mallorquina es en el amor. Está sumergida en su relación con el alemán, que al final es de lo más salado (algo curioso cuando lo más salado que tienen los alemanes es su famoso codillo), pero Herman, que está empezando a vender sus cuadros por todo el mundo, nos hace reír a carcajadas.

Abro la puerta del camerino y le pido a las tortolitas que nos aguarden fuera. Me encuentro con él y las mariposas (que se suponía que ya deberían haber emigrado a otra pareja más reciente) resurgen en mi estómago. Contemplar su sonrisa mientras se levanta y viene hacia mí es tocar el cielo con las manos, o mejor, encontrarse una caja de Donetes por sorpresa en tu armario (justo cuando has perdido unos kilitos y te lo puedes permitir). Enseguida lo tengo rodeándome con sus fuertes brazos.

—Lo has hecho muy bien, Paula. No puedo estar más orgulloso de ti.

—Gracias, pelota. —Le piso un pie adrede. Él ríe.

—Te lo digo en serio. Has sorteado muy bien el vendaval, cuando te han peguntado por mí, tu contundencia les ha dejado sin opciones de insistir.

La habilidosa presentadora ha sacado a colación mi relación con Alex, porque desde hace año y medio se sabe que somos pareja y yo le he respondido que estábamos muy bien, que éramos muy felices y que hasta ahí iba a contar. La verdad es que la prensa nos presta un trato profesional y apenas hablan de nuestra vida personal. Claro que el no conceder ni una exclusiva tendrá algo que ver.

—¿Y qué te he parecido cuándo me ha recriminado lo de la tesis? Ha ido a por mí.

—Sí, yo también lo he visto así, pero lo has resuelto perfecto. Ese fue tu trabajo doctoral y debes estar orgullosa de él. Nadie a estas alturas puede cuestionar el éxito que cosechaste.

—Ya... que yo venga un día a defender a mi hermana para que se vea que su familia la apoya, no significa que me guste este formato. Nunca lo hará.

—Y así se lo has dicho y la has dejado sin argumentos. Pero además has estado muy natural y muy simpática, de verdad.

—Gracias, *amore* —le digo y me inclino para perderme en sus labios. Ya está bien de tanta cháchara.

—¡Uhmmm! Saboreo tu adrenalina, me gusta... vámonos pronto que voy a aprovecharme de tu subidón.

—Acepto encantada. —Inclino la cabeza—. Pero que sepas que Beca y Dana no nos van a dejar escapar fácilmente. Están locas por tomar una copa.

—¿Hacer vida social? ¿Nosotros? —bromea.

Aunque participamos en muchos eventos, casi todos literarios, nada nos gusta más que estar solos o acompañados en nuestra casa. Ya no me abruma que a Alex lo conozcan por la calle, me he ido haciendo poco a poco, pero en la tranquilidad del hogar se está de vicio. Alex siempre bromea con que padezco senilidad social, pero es que tras tanto viaje, lo que más me apetece es volver al calor del hogar.

—Por cierto, póntelo ya. —Alex me tiende el anillo de pedida que me regaló en la fiesta de nuestro aniversario—. Me estaban entrando los siete males de no verlo en tu precioso dedito, que pronto será el dedito de mi mujer. —Me guiña un ojo.

—Sí, prontísimo... así como en veinte años. —He aceptado casarme con él, pero solo de pensar en sentirme el foco de tanta gente me marea, lo de la súper celebración no es para mí. Sé que Alex lo tiene todo preparado y nos vamos a casar casi en secreto el mes que viene. Encontré unos papeles del registro y una reserva a Paris para dentro de dos meses, pero me hago la tonta para no chafarle la sorpresa.

—Bueno, ¿nos vamos, preciosa?

—Sí, vámonos ya.

—No te me vuelvas loca ahora en la pista de baile, necesito que reserves la adrenalina porque lo de verte por la tele ha elevado mi testosterona a límites incalculables.

—Pues tú no te pases con las copas porque quiero a toda esa testosterona despierta para mí.

—¿No prefieres al amante sonámbulo? —Me lleva hacia él y habla al lóbulo de mi oreja, con mordisquito incluido. Los ataques sonámbulos de mi chico se incrementan cuando bebe por las noches, lo tengo más que claro. Aunque, al menos, ya no sufre esas pesadillas horribles donde se le repetía el accidente de Adriana. Ahora mantenemos contacto con ella y saberla tan mejorada, con una vida hecha y feliz en EE. UU., han silenciado, de una vez por todas a sus demonios nocturnos.

—Hoy no, hoy te prefiero a ti —le susurro.

Nuestros ojos, que van por libre, se encuentran y sin necesidad de hablarse dicen que se quieren y se querrán. Que lo que sucedió aquel verano es para siempre, que dos personas de mundos totalmente diferentes pueden encajar si salta esa chispa mágica que invade cada célula del organismo de la otra persona. Alex está hecho para mí y yo hago cuanto sea por él, por el amor de mi vida.

Cuando recuerdo todas las trabas que yo misma me construí, aquel doloroso año de separación cuando decidí alejarme por no querer afrontar su fama, y hago cuenta de lo feliz que soy ahora, solo se me ocurre dar gracias a Alex por su paciencia y gritarle a mi interior y a todo el que le suceda algo similar:

—Si no arriesgas no ganas… ¡*Bye, bye* prejuicios!

AHORA SÍ
FIN

Agradecimientos

Gracias a mis editores de Ediciones Kiwi por seguir confiando en mí.

Gracias a ti, lector, por darme una oportunidad y, si esta historia se te ha quedado corta, tienes unas diez novelas mías más, de todos los estilos, para divertirte y despejarte de la rutina diaria.

Gracias a mi familia, a mis amigos, a mis compañeros del hospital, a todos los blogs que me ayudan, a mis vecinos, a mis chats de WhatsApp, a todo el que me comparte para que cada día mi nombre suene más. Gracias a mi amigo Miguel que me contó aquella historia de un caballo asesinado y me llenó de datos… (ya tú sabes).

Esta novela formó parte de la antología Summer Love, era una historia corta a la que se le ha dado la oportunidad de ser única y crecer, espero que te haya gustado. Ahora, amigo lector, ayúdame y corre la voz, deja tu reseña y me harás un poquito más grande.